LE

PETIT DUC

PAR L'AUTEUR DE

L'HÉRITIER DE REDCLYFFE

TRADUIT DE L'ANGLAIS

PAR

MADAME EUGÈNE BERSIER

DEUXIÈME ÉDITION

PARIS

SANDOZ ET FISCHBACHER, ÉDITEURS

33, RUE DE SEINE ET RUE DES SAINTS-PÈRES, 33

1873

LE PETIT DUC

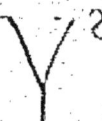

PARIS. — TYP. DE CH. MEYRUEIS
13, RUE CUJAS. — 1873.

LE

PETIT DUC

PAR L'AUTEUR DE

L'HÉRITIER DE REDCLYFFE

TRADUIT DE L'ANGLAIS

PAR

MADAME EUGÈNE BERSIER

—

DEUXIÈME ÉDITION.

9342

PARIS

SANDOZ ET FISCHBACHER, ÉDITEURS,
33, RUE DE SEINE ET RUE DES SAINTS-PÈRES, 33.

1873

8516

CHAPITRE I.

C'était en l'an 943. Sur la fin d'un beau jour d'automne, une agitation extraordinaire régnait dans l'intérieur du château de Bayeux, en Normandie.

En entrant par la porte voûtée, on se trouvait dans la grande salle, au plafond bas et cintré, soutenu par des colonnes courtes et massives, et ressemblant à la crypte d'une cathédrale. Les fenêtres, sans vitres, étaient petites et tellement enfoncées dans les épaisses murailles que par les plus fortes pluies l'eau ne pénétrait jamais jusque dans l'intérieur de la salle. D'ailleurs, quand bien même elle y eût pénétré, le mal n'eût pas été grand, car les murs étaient de pierre grossière, et de simples briques recouvraient le sol. — Un feu brillant pétillait à chaque extrémité de cette vaste salle, et de temps en temps une violente rafale de vent, descendant

par l'immense cheminée, chassait d'épaisses bouf-
fées de fumée qui montaient en tourbillonnant vers
le plafond noirci et faisaient paraître la salle plus
sombre encore.

C'était au bas de la salle que le feu était le plus
ardent; de grandes chaudières étaient suspendues
au-dessus du foyer, et plusieurs domestiques, hommes et femmes, la figure rougie par la chaleur, les
bras nus et armés de longues fourchettes de fer ou
d'autres ustensiles de cuisine, se pressaient tout
autour d'un air affairé. A l'autre bout de la pièce,
sur une espèce de tréteau élevé de trois pieds au-
dessus du sol, d'autres préparatifs s'accomplissaient.
Deux jeunes filles étendaient des nattes par terre,
tandis que plusieurs hommes dressaient une longue table de planches grossières, et y plaçaient des
coupes d'argent, des cornes à boire et des plats de
bois. La table était entourée de bancs; au milieu
seulement, à la place d'honneur, s'élevait un fauteuil dont les pieds lourds et recourbés se termi-
naient en forme de griffes de lion, et sur les bras
duquel était sculptée la tête de ce noble animal.
Devant ce fauteuil se trouvait un marchepied de
bois grossièrement taillé, et la coupe d'argent mise à
cette place était d'un travail bien plus riche que les
autres et ornée de feuilles de vigne, de grappes de

raisins et de petits amours avec des pieds de bouc.
Si cette coupe avait pu dire son histoire, chacun
aurait fait silence pour l'écouter, car elle datait des
temps les plus reculés de l'ancienne Rome et avait
été apportée d'Italie par quelque pirate normand.

Une femme âgée, d'une taille imposante, in-
spectait avec soin les serviteurs qui s'agitaient
aux deux extrémités de la salle. Elle portait un
bonnet blanc d'une forme très-élevée, attaché
sous le menton par un large ruban. Cette coiffure
laissait voir une tresse épaisse de cheveux blonds,
à peine veinés de gris, qui entourait sa tête;
sa robe trainante, d'une couleur sombre, aux
manches larges et pendantes, ajoutait encore à la
majesté de sa démarche; elle portait en outre de
longues boucles d'oreilles et un collier en or, qui
semblaient aussi antiques que la coupe. La noble
dame donnait des ordres aux domestiques, sur-
veillait l'arrangement de la table, tenait conseil
avec un vieux sommelier, et de temps en temps
jetait vers la fenêtre un regard inquiet, comme si
elle eût attendu quelqu'un. Enfin, elle parut perdre
patience.

— Les jeunes paresseux, murmura-t-elle, n'ap-
porteront pas la venaison à temps pour le souper du
duc Guillaume.

_____

Mais tout à coup elle releva la tête d'un air sa-
tisfait, car elle venait d'entendre le son d'un cor de
chasse; des bruits de pas retentirent au dehors, et
un petit garçon d'environ huit ans s'élança dans la
salle. Ses grands yeux bleus étaient brillants de joie
et de vivacité; l'air vif et l'exercice avaient coloré
ses joues, et ses longs cheveux châtains retombaient
en ondoyant sur ses épaules.

— Nous l'avons tué, nous l'avons tué, dame
Astrida ! s'écria-t-il, en courant vers la vieille dame
et en élevant fièrement en l'air l'arc qu'il tenait à
la main. C'est un cerf de dix branches, et je l'ai
frappé au cou!

— Vous ! monseigneur Richard ! vous l'avez tué ?

— Oh ! non ; moi je n'ai fait que lui enfoncer
une flèche dans le cou. C'est la flèche d'Osmond
qui l'a attrapé à l'œil, et... Pensez donc, dame
Astrida, il sortit tout d'un coup d'un taillis, et moi
j'étais comme qui dirait là, avec mon arc ainsi...

Et Richard allait donner une représentation de
toute la scène de la chasse au cerf, mais dame Astrida, trop affairée pour l'écouter, l'interrompit en
disant :

— Ont-ils apporté la venaison ?

— Oui, Gauthier l'apporte. J'avais une longue
flèche...

Un des chasseurs parut en cet instant, apportant la venaison sur ses épaules, et dame Astrida se hâta d'aller à sa rencontre ; elle se remit alors à donner des ordres tandis que Richard, la suivant partout, continuait son récit avec autant d'ardeur que si on l'eût écouté, expliquant comment il avait visé, comment Osmond avait tiré, imitant le bond qu'avait fait le cerf avant de tomber, et comptant les branches de son bois. A tout moment il s'écriait :

— Voilà quelque chose à raconter à mon père ; croyez-vous qu'il arrive bientôt ?

Sur ces entrefaites deux nouveaux venus entrèrent dans la salle, tous deux vêtus de leurs habits de chasse en peau, avec de larges ceintures brodées auxquelles étaient suspendus un couteau et un cor de chasse. Le plus âgé des deux était un homme d'environ cinquante ans, large d'épaules, au teint basané, à l'air plutôt sévère ; l'autre, jeune homme de vingt-deux ans, avait la taille mince et élancée, des yeux vifs et intelligents, et un joyeux sourire. C'étaient Eric de Centeville, le fils de dame Astrida, et Osmond son petit-fils, aux soins desquels le duc Guillaume de Normandie avait remis l'éduc··on de Richard, son fils unique (1).

(1) Voyez la note 1.

Les jeunes princes de la maison de Normandie étaient toujours confiés ainsi à quelque fidèle vassal, au lieu d'être élevés chez leurs parents, et l'une des raisons pour laquelle les de Centeville avaient été choisis par le duc Guillaume était que le comte Eric et sa mère parlaient uniquement la vieille langue norwégienne. Il désirait que le petit Richard fût bien instruit dans cette langue, oubliée par les Normands du reste du duché, qui parlaient ce qu'on appelait alors la langue d'oïl, mélange d'allemand et de latin, qui devint plus tard la langue française.

Ce jour-là, le duc Guillaume était attendu à Bayeux ; c'est ce qui nous explique les grands préparatifs de dame Astrida. Il venait voir son fils avant de se mettre en route pour aller essayer de rétablir l'accord entre les comtes de Flandre et de Montreuil.

Dame Astrida, après avoir fait mettre la venaison à la broche et installé un petit garçon auprès du feu pour la tourner, vit qu'il était temps de songer à la toilette de Richard. Elle monta avec lui dans une des chambres de l'étage supérieur, et là il eut tout le loisir de faire ses récits, tandis qu'elle lissait ses boucles soyeuses et lui mettait une petite tunique de drap écarlate, qui laissait voir son cou, ses bras et ses genoux. Richard supplia dame Astrida de lui laisser porter à la ceinture un poignard au manche sculpté, mais elle ne le lui permit pas.

— Vous aurez assez à faire dans votre vie avec l'acier et les poignards, dit-elle ; pourquoi vouloir commencer sitôt ?

— Oh! bien sûr, je serai un fameux guerrier, s'écria Richard ; on m'appellera Richard à la hache tranchante, ou le Courageux ; vous verrez, dame Astrida. Nous sommes aussi braves de nos jours que les Sigurd et les Ragnar dont parlent vos ballades ! Si seulement il y avait en Normandie des serpents et des dragons !

— Vous n'en rencontrerez que trop dans notre pays, dit dame Astrida ; partout il y a des serpents qui cherchent le mal et qui sont aussi venimeux que ceux de mes *sagas*.

— Je ne les crains pas, dit Richard, ne la comprenant qu'à moitié. Oh ! si je pouvais avoir ce poignard ! Mais écoutez, écoutez ! s'écria-t-il en s'élançant à la fenêtre, ils viennent, ils viennent ! Voilà la bannière de Normandie !

Et l'heureux enfant sortit en courant, et ne s'arrêta qu'au bas de l'étroit escalier de pierre, devant la porte du château. Le baron de Centeville et son fils arrivaient en même temps que lui pour recevoir leur prince.

— C'est moi qui lui tiendrai l'étrier, n'est-ce pas? dit Richard en regardant Osmond, et en ce moment il se mit à sauter et à pousser des cris de joie, car un grand cheval noir entrait sous la porte voûtée, monté par un cavalier à la taille haute, au port majestueux : c'était le duc de Normandie. Une riche ceinture retenait les plis de sa robe de pourpre, et à cette ceinture était suspendue l'arme redoutable qui avait fait donner au duc le nom de Guillaume à la longue épée. Ses jambes et ses pieds étaient enfermés dans une cotte de mailles, il portait des éperons d'or, et ses cheveux bruns et courts étaient couverts par son bonnet ducal de couleur pourpre. Les bords de ce bonnet étaient relevés et garnis de fourrure, et une plume y était fixée par une agrafe de diamants. Le front du duc était grave et pensif, son visage frappait à première vue par une dignité mêlée de tristesse qui rappelait qu'il portait encore dans son cœur le deuil de sa jeune femme, la duchesse Emma, et qu'il était assiégé par bien des soucis. Il n'y avait cependant rien de redoutable dans cette gravité, car son regard était plein de douceur et sa physionomie exprimait la bonté.

En revoyant son petit Richard, un sourire de joie rayonna sur son visage; l'enfant rendit à son père, pour la première fois, les devoirs d'un futur chevalier, en lui tenant l'étrier tandis qu'il descendait de cheval, puis Richard s'agenouilla pour recevoir sa bénédiction, selon la coutume du temps. Le duc posa la main sur sa tête.

— Que la miséricorde de Dieu soit sur toi, mon fils, dit-il d'une voix émue, et, le prenant dans ses bras, il le pressa longtemps contre lui en le couvrant de baisers, tandis que Richard se suspendait tendrement à son cou.

Lorsqu'enfin il eut déposé son fils à terre, sire Eric, s'avançant pour recevoir son prince, ploya le genou devant lui, et après lui avoir baisé la main, lui souhaita la bienvenue dans son château.

Il serait trop long de rapporter toutes les paroles amicales et courtoises qui furent prononcées, les compliments échangés entre le duc et la noble dame Astrida, et l'accueil fait aux barons qui composaient la suite du prince. Richard reçut l'ordre de saluer ces derniers; mais, tout en obéissant et en tendant la main à chacun d'eux, il ne put s'empêcher de se serrer contre son père d'un air timide et craintif.

Il y avait d'abord le comte Bernard de Harcourt,

surnommé le Danois (1), qui avait les cheveux et
la barbe rouges et hérissés, et mélangés de quelques
mèches grises qui rendaient leur teinte encore plus
étrange. D'épais sourcils, rouges aussi, ombrageaient
son regard sauvage, et une cicatrice large et profonde lui traversait le visage. Il y avait encore le
baron Rainulf de Ferrières, dont la taille gigantesque était emprisonnée dans une armure de fer
qui résonnait à chaque pas. Venaient ensuite les
hommes d'armes avec leurs casques et leurs grands
boucliers, et Richard, en les voyant, crut presque
que les armures suspendues dans la salle s'étaient
détachées du mur pour se mettre à marcher.

Tous prirent place au banquet de dame Astrida.
Celle-ci était à la droite du duc, et le comte de
Harcourt à sa gauche. Osmond découpait les vian-
des, tandis que Richard faisait l'office d'échanson
auprès de son père. Pendant le repas, le duc et les
seigneurs s'entretinrent exclusivement de l'expédition pour laquelle ils allaient se mettre en route, et
de l'entrevue qui devait avoir lieu dans une petite
île de la Somme, entre Guillaume et le comte Arnulf de Flandre. En proposant cette entrevue, le
duc avait eu pour but d'amener Arnulf à faire au

(1) Voyez la note 2.

comte Herluin de Montreuil réparation de certains torts qu'il avait eus envers lui. Plusieurs étaient d'avis qu'il fallait profiter de cette occasion pour exiger d'Arnulf qu'il cédât quelques villes de ses frontières auxquelles la Normandie avait des titres. Mais le duc secoua la tête en disant qu'il ne poursuivrait jamais un avantage personnel dans un cas où il était appelé à intervenir comme arbitre.

Ces conversations sérieuses ne convenaient guère au petit Richard, aussi trouva-t-il le souper bien long. La fin du repas arriva cependant; le chapelain récita les grâces, on enleva les planches qui avaient servi de table, et les convives se dispersèrent. Comme il faisait encore jour, plusieurs allèrent surveiller les soins donnés à leurs montures, d'autres allèrent voir les chevaux et les meutes du baron Eric, et ceux qui demeurèrent dans la salle formèrent entre eux des groupes animés.

Le duc put ainsi s'occuper enfin de son petit garçon; il le prit sur ses genoux, et Richard lui décrivit ses parties de plaisir, en commençant par son exploit de ce jour-là; il parla aussi de la bonté du sire Eric, qui lui permettait maintenant d'aller à la chasse sur son petit cheval, et dit que son ami Osmond lui avait promis de le mener baigner dans la belle et fraîche rivière. Enfin il raconta com-

ment il avait pris un nid de corbeau sur le haut de
la vieille tour.

Le duc Guillaume souriait à ses récits, et avait
l'air aussi heureux d'écouter que le petit garçon
l'était de raconter.

— Richard, dit-il enfin, n'as-tu rien à me dire du
père Lucas et de son grand livre? Quoi, pas un mot?
Regarde-moi, Richard, et dis-moi comment vont
les leçons (1)?

— O père, dit Richard à voix basse et les yeux
baissés, tandis que ses doigts jouaient avec l'agrafe
de la ceinture du duc, je ne puis pas souffrir ces
lettres crochues qui sont sur ce vieux parchemin
jaune.

— Mais tu essayes de les apprendre, j'espère? dit
le duc.

— Oui, mon père, j'essaye, mais c'est bien difficile, les mots sont si longs, et le père Lucas vient
toujours me chercher quand le soleil est si brillant
et la forêt si verte, que je ne puis pas rester les yeux
fixés sur ces crochets et ces lignes noires.

— Pauvre petit! dit le duc en souriant; et Richard se croyant encouragé, continua plus hardiment :

(1) Voyez la note 3.

— Vous ne connaissez pas cette science, vous, mon père?

— Non, malheureusement pour moi, répondit le duc.

— Et le baron Éric ne sait pas lire non plus, ni Osmond, ni personne; pourquoi donc dois-je apprendre et me crisper les doigts en écrivant comme si j'étais un clerc au lieu d'être un jeune duc?

Là-dessus Richard leva les yeux sur son père, puis baissa la tête, un peu confus d'avoir osé mettre en question sa volonté. Cependant le duc lui répondit sans avoir l'air d'en éprouver du déplaisir:

— La tâche que je t'inflige est sans doute difficile pour le moment, mon enfant; mais j'ai en vue ton bien futur. Je donnerais beaucoup pour pouvoir lire moi-même ces saints Livres que je suis forcé de me faire lire par un clerc; malheureusement ce désir ne s'est réveillé en moi que depuis que je n'ai plus le temps d'apprendre.

— Mais les chevaliers et les nobles n'apprennent jamais à lire, dit Richard.

— Et trouves-tu que ce soit une raison pour ne pas le faire, alors qu'il s'agit d'une chose aussi profitable? D'ailleurs, tu te trompes, mon fils, car les rois de France et d'Angleterre, les comtes d'Anjou. de Provence et de Paris. et jusqu'au roi de Norwége, Hako, tous ceux-là savent lire (1). Je t'assure, pour ma part, que lorsqu'il fut question de signer le traité par lequel le roi Louis fut rétabli sur le trône, je me suis trouvé bien humilié de faire partie du petit nombre des vassaux de la couronne qui ne savaient pas écrire leur nom.

— Mais il n'y en a pas un qui soit meilleur ou plus grand que vous, mon père, dit Richard avec orgueil, le baron Eric le dit bien souvent.

— Eric aime trop son duc pour voir ses défauts, dit Guillaume. Si j'avais eu les maîtres que tu as, j'aurais été bien meilleur. Et, sais-tu, Richard? non-seulement tous les princes que je t'ai cités savent lire, mais en Angleterre le roi Ethelstane veut que tous ses nobles l'apprennent. Ils étudient dans son propre palais, avec ses frères, et lisent les bons livres que le roi Alfred le Véridique a traduits dans leur langue.

— Je hais les Anglais, dit Richard d'un air sombre.

— Tu les hais? et pourquoi?

— Parce qu'ils ont tué traîtreusement le brave roi de mer Ragnar! Dame Astrida récite l'hymne de mort qu'il chantait au milieu des morsures des

_____

(1) Voyez la note 1.

vipères, et où il se rejouit en pensant que ses fils amèneront des corbeaux qui se repaîtront des corps des Saxons. Oh! si j'avais été son fils, comme je l'aurais vengé! comme j'aurais ri de joie en massacrant les traîtres et en brûlant leurs palais.

Les yeux de Richard étincelaient et ses lèvres répétaient instinctivement les vers sauvages des vieilles ballades norses. Le visage du duc s'était assombri.

— Il ne faut plus que dame Astrida te chante ces ballades, dit-il, puisqu'elles remplissent ton âme de pensées de vengeance, qui ne conviennent qu'aux adorateurs d'Odin ou de Thor. Ragnar et ses fils ne pouvaient que frémir dans la soif de la vengeance, ils n'en savaient pas davantage; mais nous, chrétiens, nous savons que nous devons pardonner.

— Mais les Anglais avaient tué Ragnar! s'écria Richard avec surprise.

— Oui, Richard, et je ne condamne pas ses fils pour l'avoir vengé, car ils étaient alors ce que nous serions aujourd'hui, si le roi Harold aux cheveux blonds n'avait pas chassé ton grand-père du Danemark. Ils ne connaissaient pas la véritable religion; mais à nous il nous a été dit: « Pardonnez, et il vous sera pardonné. » Écoute-moi, mon cher enfant, alors

même que notre nation se dit chrétienne, le devoir
du pardon n'y est que trop souvent oublié; mais
qu'il n'en soit pas de même pour toi. Souviens-toi,
quand tu vois la croix brodée sur nos bannières (1),
ou sculptée en pierre dans nos églises, qu'elle nous
parle de pardon, mais que nous ne goûterons jamais
ce pardon si nous ne pardonnons pas à nos ennemis. T'en souviendras-tu, mon fils?

Richard hésita un instant.

— Oui, dit-il enfin; mais si j'avais été un des fils
de Ragnar, jamais je n'aurais pardonné.

— Il pourrait arriver que tu fusses un jour dans
leur cas, Richard, dit le duc; et si jamais je suc-
combais dans une des querelles qui déchirent
maintenant ce malheureux royaume de France, tu
te souviendras de ce que je vais te dire : Je te con-
jure, pour l'amour de Dieu et de ton père, de ne
conserver aucune haine dans ton cœur, de ne poursuivre aucune vengeance. Jamais je ne serai mieux
vengé que lorsque tu auras pardonné aux auteurs
de ma mort. Donne-moi ta parole qu'il en sera
ainsi, Richard?

— Oui, mon père, dit Richard d'une voix soumise
et tremblante, et il posa sa tête sur l'épaule du duc.

(1) Voyez la note 5.

Il y eut un silence de quelques minutes, puis Richard recouvra sa gaieté et commença à passer ses doigts dans la barbe de Guillaume et à jouer avec son col brodé.

Tout en jouant, ses doigts rencontrèrent une chaîne d'argent, et, en la tirant, il vit qu'une clef y était suspendue.

— Oh! qu'est-ce que cela? demanda-t-il avec vivacité; quelle est cette clef?

— C'est la clef qui ouvre mon plus grand trésor, répondit le duc, en replaçant dans son sein la chaîne et la clef.

— Votre plus grand trésor, mon père! est-ce votre couronne?

— Tu le sauras un jour, répondit le duc, en repoussant avec douceur la petite main qui cherchait de nouveau la chaîne. Et comme quelques-uns des barons rentraient dans la salle, il posa son fils à terre.

Le jour suivant, après que le service du matin eut été célébré dans la chapelle du château, le duc se remit en route. Il avait fait espérer à Richard qu'il serait de retour dans une quinzaine, et obtenu de lui la promesse d'être très-attentif aux leçons du père Lucas, et obéissant envers le baron de Centeville.

CHAPITRE II.

Il était tard dans la soirée ; dame Astrida était assise comme à son ordinaire dans son grand fauteuil, à l'un des coins du foyer. Elle tenait d'une main sa quenouille chargée de lin, et de l'autre tirait et roulait le fil entre ses doigts, tandis que le fuseau dansait à terre. Eric de Centeville dormait sur une chaise vis-à-vis d'elle, et Osmond, assis auprès de lui sur un petit banc de bois, s'occupait à tailler des plumes d'oie sauvage pour les mettre à ses flèches.

Les domestiques du château s'étaient rangés sur des bancs le long de la muraille, les hommes d'un côté de la salle, les femmes de l'autre. La pièce se trouvait éclairée par un feu brillant et par une immense lampe suspendue au plafond. Deux ou trois grands chiens étaient couchés devant le foyer, et le petit Richard de Normandie, assis au milieu d'eux, s'amusait à caresser leurs larges oreilles aux longs poils soyeux, et à chatouiller leurs pattes avec une des plumes d'Osmond; de temps en temps aussi il soulevait de force les paupières appesanties d'un de ces bons animaux, qui ne donnait d'autre signe de son impatience qu'un sourd gémissement et se rendormait après avoir changé de posture. Pendant tout ce temps le petit garçon avait les yeux fixés sur dame Astrida, comme s'il n'eût pas voulu perdre un mot de l'histoire qu'elle lui racontait. C'était le récit des aventures de Rollo son grand-père, de son expédition à l'embouchure de la Seine, alors que l'archevêque Franco était venu lui apporter les clefs de la ville de Rouen, où pas un habitant n'avait eu à souffrir de la part des braves hommes du Nord. La vieille dame lui fit ensuite la description de la cérémonie du baptême de son grand-père, et lui dit comment, pendant les sept jours qu'il avait porté sa robe baptismale, il avait comblé de riches dons les principales églises de son duché de Normandie.

— Oh! racontez-moi aussi comment on lui rendit hommage, et comment Sigurd à la hache ensanglantée jeta Charles le Simple à terre. Oh! que j'aurais ri si je l'avais vu!

— Non non, monseigneur Richard, dit la vieille

dame, je n'aime pas cette histoire-là. Elle est du
temps où les Normands n'avaient pas encore appris la courtoisie, et il vaut mieux oublier les actes
de barbarie que se les rappeler, à moins que ce ne
soit pour les réparer. Non, j'aime mieux vous raconter notre arrivée à Centeville. Comme je trou-
vais ce pays pâle et monotone! Quel ennui m'in-
spiraient ces immenses prairies et ces larges rivières
au cours si tranquille! Comme je regrettais le château de mon père, en Norwége, tout entouré de
gigantesques et sombres rochers que surmontaient
des pins au noir feuillage, et d'où j'aimais voir à
l'horizon les montagnes neigeuses qui touchaient
au ciel. Oh! que les eaux de notre rivière étaient
bleues dans les longs jours d'été, alors qu'assise
dans le bateau de mon père, je me laissais ba-
lancer.....

Ici le récit de dame Astrida fut interrompu par
les sons d'un cor qui retentit à la porte du château.
Les chiens redressèrent la tête et y répondirent
par des aboiements étourdissants; Osmond se leva
aussitôt.

— Ecoutez! s'écria-t-il, en essayant d'imposer
silence aux chiens.

Quant à Richard, il courut auprès du Baron de
Centeville en criant :

— Réveillez-vous! réveillez-vous, baron Éric, voilà mon père qui arrive. Oh! faites vite ouvrir les portes, et allons le recevoir!

— Silence donc! s'écria le baron en menaçant les chiens; puis il se leva lentement en entendant le cor retentir pour la seconde fois.

— Osmond, dit-il à son fils, va avec le portier t'enquérir si celui qui vient au château à pareille heure est un ami ou un ennemi. Restez ici, monseigneur, ajouta-t-il en voyant Richard courir après Osmond.

Le petit garçon obéit et s'arrêta, mais il tremblait d'impatience de la tête aux pieds.

— Ce sont des nouvelles du duc, je pense, dit dame Astrida, car lui-même n'arriverait pas à cette heure-ci.

— Oh! ce doit être lui, dame Astrida, s'écria Richard, car il a dit qu'il reviendrait bientôt. Ecoutez, on entend les pas des chevaux dans la cour, je suis sûr que c'est son beau coursier noir. Et je ne serai pas là pour lui tenir l'étrier! Oh! baron Eric, permettez-moi d'aller à sa rencontre!

Le comte, toujours très-laconique, secoua la tête négativement. En ce moment plusieurs pas retentirent sur l'escalier de pierre. Richard allait s'élancer, mais Osmond rentra dans la salle, avec un visage bouleversé qui disait assez que quelque chose allait mal. Il annonça le comte Bernard de Harcourt et le sire Rainulf de Ferrières, puis se retira de côté pour laisser entrer ces deux seigneurs.

Richard était resté debout, au milieu de la salle, sous le coup de son désappointement. Le comte de Harcourt alla droit à lui sans saluer Eric ni aucune autre personne devant lui. Il ploya le genou devant le petit garçon, prit sa main, et d'une voix entrecoupée :

— Richard, duc de Normandie, dit-il, je suis ton homme lige et ton fidèle vassal.

Puis il se leva, et tandis que Rainulf de Ferrières se disposait à accomplir la même cérémonie, le vieux d'Harcourt couvrit de ses mains son visage balafré, et pleura.

— Serait-il bien vrai? demanda le baron de Centeville.

Un signe de tête et un triste regard de Ferrières furent toute la réponse qu'il reçut. Alors Eric s'agenouilla à son tour devant l'enfant, et répéta les paroles d'usage :

— Je suis ton homme lige et ton fidèle vassal, et te jure foi et hommage pour mon château et ma baronnie de Centeville.

— Oh! non, non! s'écria Richard, en retirant sa

main avec un mouvement passionné, et se sentant comme dans un horrible rêve dont il ne pouvait pas se réveiller. Que veut dire cela ? O dame Astrida, dites-moi ce que cela veut dire ? Où est mon père ?

— Hélas ! mon enfant !...

C'est tout ce que put dire la vieille dame, car ses larmes coulaient en abondance. Elle entoura Richard de ses bras, le pressant contre elle, et l'enfant, un peu remis par ses caresses, écouta silencieusement ce que disaient entre eux les quatre seigneurs, qui ne paraissaient plus s'occuper de lui.

— Le duc mort ! répéta Eric de Centeville comme étourdi par le coup.

— Ce n'est que trop vrai, dit Rainulf avec un accent lent et triste, et pendant quelques minutes le silence ne fut troublé que par les longs sanglots du vieux comte Bernard.

— Mais comment? quand ? où? s'écria enfin Eric. Il n'était pas question d'une bataille le jour où vous partites. Oh ! pourquoi n'étais-je pas à ses côtés !

— Il n'est pas tombé sur un champ de bataille, dit le sire Rainulf d'un air sombre.

— Comment? quelle maladie a pu causer si promptement sa mort?

— Ce n'est pas la maladie qui l'a tué, répondit Ferrières. C'est la trahison. Il est mort dans l'île de Pecquigny, par la main de l'infâme Flamand !

— Le traître vit-il encore ? s'écria le baron de Centeville en saisissant sa bonne épée.

— Il vit et triomphe de son crime, dit Ferrières. Il est en sûreté dans ses villes marchandes.

— Je puis à peine vous croire, nobles seigneurs, dit Éric. Comment !... notre duc massacré... son ennemi en sûreté sur son territoire, et vous... ici pour le raconter !

— Si je ne pensais à notre malheureux duché, et à ce pauvre enfant, qui aura probablement un bien grand besoin de tous ceux qui furent les amis de son père, dit le comte Bernard, je désirerais être étendu raide et froid à côté de mon maître. Plût au ciel que nos yeux eussent été rendus aveugles pour toujours avant d'avoir à contempler un pareil spectacle. Et pas une épée n'a été levée pour sa défense ! Racontez comme cela s'est passé, Rainulf ! Ma langue se refuse à le dire.

Il se laissa tomber sur un banc, et couvrit sa figure avec ses mains, pendant que Rainulf de Ferrières faisait le récit suivant :

— Vous savez comment, dans une heure fatale, notre bon duc avait fixé un rendez-vous avec le

comte de Flandre dans l'île de Pecquigny ; chacun
d'eux devait amener avec lui douze hommes non
armés. Il y avait de notre côté Alain, duc de Bretagne, le comte Bernard, le vieux comte Bothon et
le duc lui-même ; nous ne portions pas d'armes :
ah ! si nous en avions eu !... car eux en avaient,
les traîtres ! Ah ! je n'oublierai jamais l'air impo-
sant du duc Guillaume au moment où il descendit
à terre, et où il salua ce brigand d'Arnulf.

— Oui, interrompit Bernard. Et n'avez-vous
pas remarqué les paroles du traître : « Sire, soyez
mon bouclier, soyez mon défenseur (1) ? » Que ne
puis-je briser avec ma hache le crâne du misérable !

— Ils commencèrent donc, continua Rainulf, à
conférer ensemble, et, comme les paroles ne coû-
taient rien à Arnulf, il promit non-seulement de
tout restituer au petit comte de Montreuil, mais
aussi de rendre hommage à notre duc pour la Flandre elle-même ; mais Guillaume n'y consentit point,
disant que c'était trahir Louis de France et Othon
l'empereur d'Allemagne que de leur enlever ainsi
leur vassal. Ils se séparèrent ensuite, et nous nous
rembarquâmes. Le duc Guillaume voulut traverser
la rivière seul dans une petite nacelle, tandis que

(1) Voyez la note 6.

2

nous étions tous dans un grand bateau. Nous ve-
nions d'atteindre la rive, lorsque les Flamands nous
crièrent que le comte avait encore quelque chose à
dire au duc, et le noble Guillaume, nous défendant
de le suivre, rama aussitôt dans leur direction. A
peine avait-il mis le pied sur le rivage de l'île, continua le Normand en tordant ses mains et en ser-
rant les dents, que nous vîmes un Flamand le
frapper sur la tête avec une rame ; il tomba ; les
autres se jetèrent sur lui et l'instant d'après bran-
dirent à nos yeux leurs poignards ensanglantés !
Vous pouvez vous représenter quels cris de rage
nous poussâmes, et comme nous fîmes voler notre
bateau vers l'île ; mais avant que nous eussions dé-
barqué, ils avaient atteint l'autre côté de la rivière,
ils étaient montés sur leurs coursiers et s'enfuyaient
comme des lâches, loin de la vengeance des Normands.

— Ils ne la fuiront pas longtemps, s'écria Richard en relevant la tête ; car pour son imagination
enfantine, cette terrible histoire ressemblait plus à
une légende de dame Astrida qu'à un fait réel, et
dans ce moment il ne pensait encore qu'à la noir-
ceur de la trahison. Oh ! si j'étais un homme ! Un
jour ils apprendront...

Il s'interrompit tout à coup, car les dernières re-

commandations de son père venaient se présenter
à son esprit, et il se rappelait ses promesses de pardon ; mais ses paroles avaient frappé les barons qui,
comme l'avait dit Guillaume, étaient loin de rien
posséder de la mansuétude chrétienne, et croyant
que la vengeance était un devoir, ils se réjouirent de
voir paraitre dans leur nouveau prince un esprit
aussi belliqueux.

— Ah ! vous avez bien parlé, mon jeune seigneur, s'écria le vieux comte Bernard en se levant,
et je vois dans votre œil un éclair qui me dit que
vous le vengerez noblement un jour.

Richard releva la tête, et son cœur battit avec
violence quand le baron Eric répondit :

— Oui, vraiment, il le vengera ; vous pourriez,
messires, parcourir toute la Normandie, et même,
la Norwége, avant de rencontrer un cœur plus
hardi et plus brave que le sien. Croyez-moi, comte
Bernard, notre jeune duc aura une aussi grande
réputation qu'aucun de ses ancêtres.

— Je le crois bien, dit Bernard. Il a toute l'al-
lure de son grand-père, le duc Rollo, et il ressemble
aussi beaucoup à son noble père ! Qu'en dites-vous,
monseigneur, ne voulez-vous pas conduire vaillamment vos Normands contre leurs ennemis ?

— Oh ! oui, dit Richard, entraîné lui-même par

l'effet qu'avait produit ses premières paroles. Je partirai avec vous cette nuit même, si vous voulez allez châtier ces traîtres de Flamands.

— Vous partirez avec nous demain, monseigneur, répondit Bernard, mais ce sera pour aller à Rouen, afin d'y revêtir l'épée et le manteau ducal et d'y recevoir l'hommage de vos vassaux.

Richard baissa la tête sans répondre, car cela lui fit enfin comprendre que son père n'était plus et qu'il ne le reverrait jamais. Il se mit à penser à tous les projets qu'il avait formés pour le jour où le bon duc reviendrait ; il avait compté les heures jusqu'à ce jour, et il se réjouissait tant de lui annoncer que le père Lucas était content de lui ! Et maintenant il ne reposerait plus sur son sein, il n'entendrait plus sa voix mâle et douce, il ne verrait plus son regard s'abaisser sur lui. De grosses larmes remplirent ses yeux, et, honteux de les laisser voir, il s'assit aux pieds de dame Astrida, cacha sa tête dans ses mains et repassa dans sa mémoire tout ce que son père lui avait dit à leur dernière entrevue. Peu à peu, il se mit à espérer de nouveau qu'il allait revenir comme il le lui avait promis, et que cette horrible histoire était un rêve. Mais en ouvrant les yeux, il revit les barons avec leur figure triste et solennelle, qui parlaient du corps. qu'Alain, duc de

Bretagne, escortait jusqu'à Rouen pour qu'il y fût
enseveli à côté du duc Rollo et de la duchesse
Emma, la mère de Richard. Alors il se demanda
comment ce corps tout sanglant pouvait être celui de
son père, dont le bras l'entourait si peu de jours
auparavant, et si l'esprit de son père savait qu'il
pensait à lui ; puis, au milieu de ces idées confuses,
le jeune duc de Normandie, oublié par ses vassaux
absorbés dans leurs délibérations, tomba dans un
profond sommeil, dont il sortit à peine pour réciter
ses prières, lorsque dame Astrida lui rappela qu'il
était temps de se coucher.

Quand Richard s'éveilla le lendemain matin, il
ne put d'abord croire que tout ce qui s'était passé
la veille au soir fût bien vrai ; mais, au bout de
quelques instants, il ne put en douter davantage,
car tout était préparé pour son voyage à Rouen, et
c'était même pour l'y accompagner que le comte
d'Harcourt était venu à Bayeux. Dame Astrida dit
que c'était très-dur de laisser partir « l'enfant, »
comme elle l'appelait, tout seul avec ces guerriers ;
mais le baron de Centeville se mit à rire, et lui dit
que ce serait une chose étrange pour un duc de faire
sa première entrée à Rouen à côté de sa gouvernante,
et qu'elle devait se contenter de le suivre à distance, sous l'escorte de Gauthier le grand veneur

Elle dit donc adieu à Richard, en priant le baron
Eric et Osmond de prendre le plus grand soin de
lui, et en pleurant comme si elle se fût séparée de
lui pour longtemps. Richard prit congé des domestiques du château, reçut la bénédiction du père
Lucas, et, montant sur son petit cheval, il s'éloigna
bientôt avec le comte de Centeville et le comte
Bernard.

Richard n'était qu'un enfant, et il ne songeait déjà plus autant à la mort de son père pendant qu'il chevauchait par cette fraîche matinée,
comme un prince à la tête de ses vassaux, sa bannière déployée devant lui, et entouré partout des
gens qui venaient le voir passer et qui bénissaient
son nom. Rainulf de Ferrières portait une grande
bourse pleine d'argent et d'or, et toutes les fois qu'il
passait à travers une foule nombreuse, Richard aimait à y plonger la main et à distribuer largement
des poignées de monnaie, surtout aux petits enfants.

Ils s'arrêtèrent, au milieu du jour, pour dîner et
pour prendre quelque repos dans le château d'un
baron qui, aussitôt le repas terminé, monta sur son
coursier et se joignit à leur suite. Jusque-là tout
ressemblait assez au dernier voyage que Richard
avait fait sur la même route, lorsqu'il était venu

pour la première fois à Rouen pour y passer auprès
de son père les fêtes de Noël. Mais maintenant ils
commençaient à approcher de la ville ; Richard reconnut la Seine, la tour carrée de la cathédrale, et
il se rappela comment, à cette même place, son
père était venu à sa rencontre, et comment il avait
chevauché à ses côtés en entrant dans la ville.

Alors ses pensées devinrent sombres. Personne
n'était plus là pour venir à sa rencontre et lui souhaiter la bienvenue ; il n'y avait personne non plus
auquel il osât exprimer ses pensées, car ces grands
barons à l'air grave n'avaient rien à dire à un si
petit garçon, et les égards même qu'ils lui témoi-
gnaient avaient quelque chose de trop cérémonieux
pour lui. C'était surtout le vieux comte Bernard,
avec son visage hâlé et refrogné, qui lui inspirait
de la crainte, et quant à Osmond, son ami et son
compagnon de jeu, il était obligé de rester bien en
arrière, relégué par son âge dans un rang inférieur.

Ils entrèrent dans Rouen à la tombée de la nuit.
Le comte Bernard fit ranger les gens de la suite en
bon ordre ; Eric de Centeville ordonna à Richard
de se redresser et de n'avoir plus l'air fatigué,
puis tous les chevaliers se retirèrent à quelques pas
en arrière pendant que le petit duc entrait seul à
leur tête sous la porte de la ville.

« Vive le petit duc ! » cria la foule d'une voix
unanime, et des flots de peuple entourèrent le cheval de Richard, de sorte qu'au bout de quelques
instants son sac d'argent était complétement épuisé
par ses largesses. La ville tout entière ressemblait
à un grand château entouré d'un mur et d'un fossé,
avec la tour de Rollo à l'une de ses extrémités. C'est
vers cette tour que Richard dirigeait son cheval,
lorsque le comte de Harcourt lui cria :

— Non, monseigneur, c'est à l'église de Notre-
Dame que nous allons.

On regardait déjà alors comme un devoir envers
les morts, que leurs parents ou leurs amis les visitas-
sent pendant qu'ils étaient exposés et répandissent
sur leur corps quelques gouttes d'eau bénite. Richard tremblait un peu à la pensée de cette cérémonie ; mais l'idée qu'il reverrait encore le visage de
son père lui rendit du courage, et il se dirigea vers
la cathédrale (1). Elle n'était point alors ce qu'elle
est aujourd'hui ; les petites fenêtres étaient presque
perdues dans l'épaisseur des murs, les colonnes
dans l'intérieur étaient courtes et massives, et il y
faisait si sombre qu'ordinairement on distinguait à
peine la voûte du sanctuaire.

1) Voyez la note 7.

Ce jour-là cependant l'église était bien éclairée, et Richard, en entrant, vit non-seulement les deux gros cierges qui brûlaient toujours sur l'autel ; mais il aperçut encore dans le chœur une double rangée de flambeaux, répandant une lueur douce et pure dans tout l'intérieur de la cathédrale et sur les ornements d'or et d'argent. Autour des cierges était agenouillée toute une rangée de prêtres en robes noires, la tête appuyée sur leurs mains jointes et chantant une litanie triste et lente. Au centre, il y avait une bière dans laquelle reposait un corps.

Richard trembla de nouveau, il se serait arrêté, si on ne l'avait forcé à continuer sa marche. Il plongea sa main dans l'eau bénite, se signa, aspergea le corps de son père, puis resta immobile. Sa poitrine était comme accablée d'un poids énorme ; il ne pouvait respirer ni se mouvoir.

Dans cette bière était étendu Guillaume à la longue épée, dans l'attitude d'un brave et loyal chevalier chrétien, couvert de son armure, son épée au côté, son bouclier au bras, et la croix entre ses mains, qu'on avait jointes sur sa poitrine. Son manteau ducal, de velours cramoisi doublé d'hermine, entourait ses épaules, et sa couronne d'or ornait sa tête ; mais, comme pour contraster avec

ces riches vêtements, au-dessus du col du hau-
bert, on voyait paraître le bord d'un cilice que le
duc portait toujours sous son vêtement, sans que
personne en sût rien. Sa figure était empreinte
d'une paix solennelle, comme s'il s'était doucement
endormi en attendant le grand jour de la résurrec-
tion. Rien en lui n'indiquait sa mort violente, si
ce n'est qu'un côté de son front portait une marque
d'un violet foncé à l'endroit où il avait reçu le premier coup.

— Le voyez-vous, Monseigneur? dit le comte
Bernard d'une voix sourde, en rompant le premier
le silence.

Richard, depuis quelques heures, n'avait entendu
formuler que des malédictions et des plans de
vengeance contre les Flamands; la vue de son père
assassiné, et le regard et l'accent du vieux Danois
enflammèrent son cœur.

— Je le vois, s'écria-t-il, et le traître de Flamand
le payera cher!

Puis, encouragé par les regards des nobles, la
joue brûlante, le regard tourné vers le ciel, la tête
renversée en arrière, et la main sur la poignée de
l'épée de son père, il continua en termes qu'il em-
pruntait peut-être à quelque *saga :*

Oui, Arnulf de Flandre, sache que le duc Guil-

laume de Normandie sera vengé! Sur cette bonne
épée, je fais vœu qu'aussitôt que mon bras sera assez
fort...

Il s'arrêta, car une main s'était posée sur son
épaule. Un prêtre, qui jusque-là était resté agenouillé à la tête du cadavre, s'était levé et le
regardait avec une expression sévère. Richard reconnut la figure pâle et grave de Martin, abbé de
Jumièges, le meilleur ami et le conseiller de son
père.

— Richard de Normandie, quelles paroles pro-
nonces-tu? dit-il d'une voix solennelle. Oui, baisse
la tête et ne réponds rien, plutôt que de répéter
ce que tu viens de dire. Es-tu venu ici pour trou-
bler la paix des morts par des cris de fureur?
Veux-tu consacrer à la vengeance cette épée qui n'a
jamais été tirée que pour secourir les pauvres et
les affligés? Veux-tu dérober ton cœur à Celui qui
t'a racheté, et te mettre au service de son ennemi? Est-ce là ce que ton bienheureux père t'a appris?

Richard ne répondit rien ; mais il couvrit son visage de ses mains pour cacher les larmes qui coulaient en abondance.

— Seigneur abbé, seigneur abbé, cela passe
toute idée! s'écria Bertrand le Danois. Notre jeune

duc n'est pas moine, et nous ne voulons pas voir
éteindre aussitôt qu'elles paraissent toutes les étin-
celles de cet esprit noble et chevaleresque.   .

— Comte de Harcourt, dit l'abbé Martin, sont-
ce là les paroles d'un païen sauvage, ou d'un chrétien qui a reçu ici même les eaux saintes du baptême? Jamais, tant que je pourrai m'y opposer, tu
ne rempliras l'âme de cet enfant de ta soif de vengeance, tu ne profaneras la présence de ton maître
inanimé par le crime qu'il avait le plus en horreur, et le temple de Celui qui est venu ici-bas pour
pardonner et bénir, par ta haine implacable..... Je
sais bien, barons de Normandie, que vous verseriez
volontiers jusqu'à la dernière goutte de votre sang
pour ramener à la vie notre bienheureux duc, ou
pour protéger son enfant orphelin; mais si vous
avez aimé le père, accomplissez sa volonté, et dé-
pouillez-vous de cet esprit maudit de haine et de
vengeance; si vous aimiez l'enfant, ne faites pas à
son âme plus de mal que ses plus grands ennemis,
Arnulf lui-même, ne sauraient lui en faire.

Les barons gardèrent le silence et refoulèrent
leurs pensées, et l'abbé Martin se tourna vers Richard, dont les pleurs coulaient toujours, à mesure que les dernières paroles de son père lui
revenaient plus clairement à la mémoire. L'abbé

lui mit doucement la main sur la tête, et lui dit :

— Ces larmes viennent d'un cœur adouci. Je l'espère du moins, et je vois que tu ne comprenais pas la portée de ce que tu disais.

— Oh ! pardonnez-moi, dit Richard d'une voix entrecoupée.

— Vois-tu cela ? dit le prêtre en lui montrant la grande croix qui était sur l'autel ; tu connais le sens de ce signe sacré ?

Richard inclina la tête.

— Cette croix parle de pardon, continua l'abbé ; et sais-tu qui est Celui qui a pardonné ? C'est le Fils qui a pardonné à ses bourreaux, c'est le Père qui a pardonné aux meurtriers de son Fils. Et toi, tu voudrais encore te venger ?

— Mais, dit Richard, en relevant la tête, faut-il ? e le traître triomphe dans son crime, quand mon père..., et sa voix fut de nouveau interrompue par ses sanglots.

— La vengeance frappera certainement le pécheur, dit Martin, la vengeance du Seigneur ; mais elle ne doit pas venir de toi : elle viendra en son temps. Non, Richard, tu es entre tous les hommes celui qui est le plus tenu de montrer de l'amour et de la miséricorde à Arnulf de Flandre. Oui, c'est quand la verge du Seigneur l'aura frappé, qu'elle

3

l'aura puni pour son crime, c'est alors que toi, qu'il a le plus cruellement offensé, tu devras lui tendre la main et lui pardonner. Si tu fais quelque vœu sur l'épée de ton bienheureux père, dans le sanctuaire de ton Rédempteur, que ce soit un vœu chrétien.

Richard pleurait trop amèrement pour répondre, et Bernard de Harcourt, lui prenant la main, l'emmena hors de l'église.

CHAPITRE III.

Le duc Guillaume à la longue épée fut enseveli le lendemain matin avec tous les honneurs dus à son rang, et bien des prières et des litanies furent dites sur son tombeau.

Quand tout fut terminé, le petit Richard, qui pendant la cérémonie était resté debout ou agenouillé près du corps de son père, l'esprit plongé dans un rêve confus et dans un douloureux étonnement, fut enfin reconduit au palais. Là, on lui ôta ses lourds vêtements noirs, qu'on remplaça par une courte tunique écarlate, puis on lui arrangea les cheveux avec soin, et il descendit dans la grande salle où il y avait une nombreuse assemblée de barons, vêtus, les uns de leurs cuirasses, les autres de leurs longues robes garnies de fourrures, et qui tous avaient assisté aux funérailles. En entrant, il se découvrit la tête sur

l'ordre d'Eric de Centeville, et s'inclina profondément en réponse aux salutations de ses vassaux ;
puis il traversa lentement la salle, et descendit le
grand escalier du château, tandis qu'ils le suivaient
tous en formant une procession solennelle, chacun
placé suivant son rang, depuis le duc de Bretagne
jusqu'au simple chevalier dont le manoir relevait
directement du duc de Normandie.

C'est ainsi qu'ils s'avancèrent à pas lents jusqu'à la cathédrale. Les prêtres y étaient déjà, rangés des deux côtés du chœur, et les évêques avec
leurs mitres, leurs longues robes et leurs crosses
se tenaient debout autour de l'autel. Dès que le
petit duc fut entré, tous entonnèrent en chœur le
Te Deum dont les accents solennels retentirent
sous la voûte sombre. Puis Richard traversa le
chœur jusqu'à un trône élevé au pied des marches
de l'autel, et là il se tint debout, ayant à ses côtés
Bernard de Harcourt, le baron de Centeville et ses
autres vassaux.

Après le beau chant de l'hymne, le service de
la sainte communion commença. A la collecte,
chaque noble donna de l'or ou de l'argent, puis
Rainulf de Ferrières vint au pied de l'autel avec
un coussin sur lequel était la couronne d'or des
ducs de Normandie ; un autre baron le suivait

en portant une lourde épée dont la poignée était en forme de croix. L'archevêque de Rouen prit la couronne et l'épée et les plaça sur l'autel. Alors le service continua. Dans ce temps-là, on donnait aussi la communion aux enfants; et Richard, qui avait été confirmé par son parrain l'archevêque de Rouen immédiatement après son baptême, s'agenouilla en tremblant pour recevoir de ses mains le saint sacrement, aussitôt que le clergé eut communié (1).

Après la cérémonie, il fut conduit par le comte Bernard et par le baron Éric sur les marches de l'autel, et l'archevêque, plaçant sa main sur les petites mains jointes de l'enfant, lui demanda au nom de Dieu et du peuple de Normandie s'il voulait être pour ses sujets un prince bon et secourable, les défendre contre leurs ennemis, maintenir la vérité, punir le mal et protéger l'Eglise.

— Je le promets, répondit Richard d'une voix émue, que Dieu me soit en aide! puis il s'agenouilla et baisa le livre des saints Evangiles que l'archevêque lui présenta.

C'était un serment terrible, et il tremblait en pensant qu'il venait de le prêter. Il resta encore à

(1) Voyez la note 8.

genoux, mit son visage entre ses mains, et d'une voix basse et agitée :

— O Dieu, mon Père, dit-il, aide-moi à tenir ce que j'ai juré !

L'archevêque attendit qu'il se levât, puis, se tournant vers le peuple, il dit d'une voix forte :

— Richard, par la grâce de Dieu, je t'investis du manteau ducal de Normandie.

Deux des évêques placèrent alors sur ses épaules un manteau de velours cramoisi, doublé d'hermine, qui, fait pour la taille d'un homme, était trop lourd pour le pauvre enfant et retombait en plis épais tout autour de lui.

L'archevêque posa ensuite la couronne d'or sur ses longs cheveux flottants, et le baron de Centeville fut obligé de la soutenir sur la petite tête de Richard ; enfin, on apporta la longue et lourde épée à deux mains ; l'archevêque la lui remit en lui recommandant solennellement de toujours l'employer au service de la bonne cause. On aurait dû l'attacher à ses côtés ; mais l'épée était si grande que le petit duc fut obligé de lever sa main pour pouvoir en saisir la poignée.

Il dut alors retourner à son trône, ce qui était assez difficile pour lui, embarrassé comme il l'était ; mais Osmond soutint son manteau, le baron Éric maintint la couronne sur sa tête, et lui-même porta fermement et avec amour la grande épée, bien que le comte de Harcourt lui eût offert de la tenir. On le plaça sur le trône, et tous les seigneurs vinrent alors lui rendre hommage. Alain, duc de Bretagne, vint le premier s'agenouiller devant lui ; plaçant sa main droite entre les mains de Richard, il jura d'être son homme lige, de lui obéir et d'être son dévoué vassal pour son duché de Bretagne. A son tour, Richard jura d'être son bon seigneur et de le protéger contre tous ses ennemis. Puis vinrent Bernard le Danois et tous les autres nobles, qui tous répétèrent la même formule, en plaçant leurs mains calleuses entre les petites mains douces de l'enfant. Plus d'un regard s'abaissa avec amour et compassion sur le petit duc orphelin ; plus d'une voix mâle trembla d'émotion en prononçant le serment ; plus d'un cœur d'airain s'attendrit à la pensée du père assassiné, et des pleurs coulèrent sur les visages brunis qui avaient essuyé les plus terribles tempêtes de l'océan du Nord, pendant que les guerriers s'agenouillaient devant cet enfant qu'ils aimaient à cause du vaillant Rollo son grand-père, aussi bien qu'à cause du brave et pieux Guillaume.

La cérémonie dura longtemps et Richard,

qu'elle captivait d'abord beaucoup, se sentit bientôt très-las; la couronne et le manteau lui paraissaient toujours plus lourds, les figures se succé-
daient continuellement comme dans un rêve sans
fin, et les paroles frappaient son oreille comme un
chant monotone. Richard sentit le sommeil le gagner, il attendait avec impatience le moment de
bouger; il aurait au moins voulu s'appuyer à
droite où à gauche, et dire quelque chose d'autre
que cette ennuyeuse formule. Il ne put retenir un
immense bâillement, mais cela lui attira un regard
si sévère de la part du vieux Bernard, qu'il se
sentit tout réveillé pendant quelques minutes; il
se redressa et reçut le vassal qui se présenta alors
avec autant d'attention que le premier de tous,
mais en jetant au baron de Centeville un regard
suppliant, comme pour lui demander si tout ne
serait pas bientôt fini. A la fin, parmi la foule
des barons, il y en eut un dont la vue excita l'attention de Richard. C'était un jeune garçon un
peu plus âgé que lui, d'environ dix ans, avec un
visage brun dont l'expression était très-agréable,
des cheveux noirs, des yeux noirs aussi et très-
vifs, dont le regard exprimait à la fois de l'amitié
et du respect pour Richard. Le jeune duc attendit
impatiemment qu'il prononçât son nom, et fut

tout content d'entendre une voix jeune comme la
sienne qui lui disait :

— Moi, Albéric de Montémar, je suis ton
homme lige et ton vassal pour mon château et
ma baronnie de Montémar-sur-Epte.

Quand Albéric se fut éloigné, le petit duc le
suivit du regard jusqu'à ce qu'il fût retourné à sa
place au fond de la cathédrale, et, tout absorbé
par cette apparition inattendue, il tressaillit en
voyant un autre baron agenouillé devant lui.

La cérémonie fut enfin terminée ; Richard aurait bien voulu courir jusqu'au palais pour se dé-
gourdir un peu les membres, mais il fut obligé de
marcher de nouveau en tête de la procession. Une
fois dans le château, il ne fut point encore au bout
de ses fatigues, car il y eut un grand banquet
dans la salle, et il lui fallut rester assis à la place
d'honneur, là où il se rappela avoir grimpé sur les
genoux de son père à la fête de Noël de l'année
précédente. Les barons pendant ce temps faisaient
bonne chère, et s'entretenaient sur de graves sujets
sans faire attention au pauvre petit duc dont la
seule distraction était de regarder Osmond de Centeville, Albéric de Montémar, et d'autres jeunes
gens qui, n'ayant pas encore été reçus chevaliers,
servaient les convives. A la fin, la fatigue l'accabla

3.

tellement qu'il tomba dans un profond sommeil, et
ne s'éveilla qu'en entendant la voix rude de Bernard de Harcourt, qui lui ordonnait de relever
la tête et de dire adieu au duc de Bretagne.

— Pauvre enfant, dit le duc Alain, il est épuisé
par les fatigues de cette longue journée. Prends
soin de lui, comte Bernard, tu as un cœur d'or,
mais tu es une gouvernante un peu rude pour ce
pauvre petit. Ah ! mon jeune seigneur, vous rou-
gissez de ce que je vous appelle un petit enfant; je
vous en demande pardon, car vous avez un noble
cœur. Or çà, écoutez, seigneur Richard de Normandie, je n'ai pas grande raison d'aimer votre
race, et le roi Charles le Simple avait peu de droit,
selon moi, de nous appeler, nous Bretons et gens
libres, les hommes liges des pirates du Nord. Mon
père n'a jamais rendu hommage à la puissance du
duc Rollo; pour moi, ce n'est pas la longue épée
du duc Guillaume, mais sa générosité et sa bonté,
qui m'ont amené à le reconnaître pour mon seigneur; et maintenant, si je reste ton vassal, c'est
à cause de ta faiblesse et pour l'amour de ton noble
père. Je ne doute pas que ce mécréant de Franc,
Louis, qu'il a rétabli sur son trône, ne cherche à
profiter de ta grande jeunesse et de ton peu d'expérience pour te nuire ; dans ce cas, rappelle-toi

que tu n'as pas de meilleur ami qu'Alain de Bretagne. Adieu, mon jeune duc.

— Adieu, Monseigneur, dit Richard en lui tendant cordialement la main, et il le suivit du regard jusqu'au moment où il disparut, escorté par Eric.

— Belles paroles ! mais moi je ne me fie pas aux Bretons, murmura Bernard. La haine est trop ancrée dans leur cœur.

— Il doit savoir ce que vaut le roi des Francs, dit Rainulf de Ferrières ; il a été élevé avec lui, alors qu'ils étaient tous deux exilés à la cour d'Ethelstane, le roi des Anglais.

— Oui, et c'est grâce au duc Guillaume que ni lui ni Alain ne sont plus exilés. Maintenant nous verrons lequel se montrera reconnaissant, du Franc ou du Breton ; je crois qu'il sera plus sûr de compter sur la valeur des Normands.

— Je le crois aussi, mais à quoi nous mènera la valeur des Normands sans argent ? Qui sait combien en renferme encore le trésor du duc ?

Ici on délibéra quelque temps à voix basse, et la seule chose qu'entendit Richard, c'est qu'un des nobles avait une chaîne d'argent et une clef qu'il avait trouvées au cou du duc, et qu'il avait gardées, pensant qu'elles devaient servir à découvrir quelque chose d'important (1).

— Oh ! oui, dit Richard avec vivacité, je le sais. Il m'a dit que c'était la clef de son plus grand trésor.

Ces paroles excitèrent au plus haut degré l'intérêt des Normands, et l'on résolut que quelques-uns des chefs les plus considérés, entre autres l'archevêque de Rouen, l'abbé Martin de Jumièges, et le comte de Harcourt iraient immédiatement à la recherche de ce précieux trésor. Richard les suivit au haut de l'étroit escalier de pierre jusqu'à l'appartement vaste et sombre où son père couchait. Bien que ce fût l'habitation d'un prince, il n'était pas richement meublé; un lit bas et sans rideaux, un crucifix placé à son chevet, une table grossière, quelques chaises et deux grands coffres, voilà tout ce qu'il renfermait. Harcourt souleva le couvercle d'un de ces coffres; mais il ne contenait que des vêtements. L'autre était plus petit, d'un travail plus riche, garni de ciselures en fer. Il était fermé, mais la petite clef l'ouvrit. Les Normands se pressèrent tous à l'entour pour voir le plus grand trésor de leur duc.

C'était une robe de serge et une paire de san-

(1) Voyez la note 1)

dales, telles qu'on les portait dans l'abbaye de Jumièges.

— Ah ! est-ce là tout ? Que nous as-tu conté là, enfant ? demanda Bernard le Danois.

— Il m'a dit que c'était son plus grand trésor, répéta Richard.

— Et c'était vrai, dit l'abbé Martin.

Alors le bon abbé leur raconta une histoire que quelques-uns d'entre eux connaissaient déjà en partie. Au commencement de son règne, le duc Guillaume chassait dans la forêt de Jumièges, quand il se trouva tout à coup au milieu des ruines de l'abbaye, qui avait été dévastée trente ou quarante ans auparavant par le roi de mer Hasting. Deux vieux moines qui avaient appartenu à la communauté vivaient encore et vinrent à la rencontre du duc pour lui offrir l'hospitalité.

— Oui, dit Bernard, je me souviens encore du pain qu'ils nous donnèrent ; nous leur demandâmes s'il était fait d'écorce, comme celui qu'on mange en Norwége.

Guillaume, qui était alors un jeune homme ardent et irréfléchi, refusa avec dégoût cette misérable nourriture, et, jetant de l'or aux vieillards, il s'éloigna pour se remettre à chasser. Au milieu de la chasse, comme il était seul, il rencontra un san-

glier qui le jeta par terre, et le laissa presque mort
sur le terrain. Ses compagnons le retrouvèrent et
le portèrent aux ruines de Jumièges, qui était
l'abri le plus voisin, et où les pauvres vieux moines
le reçurent joyeusement dans la partie de leur couvent qui était encore demeurée debout. Dès qu'il
eut recouvré ses sens, il leur demanda instamment
pardon pour l'orgueil et le mépris dont il avait auparavant récompensé leur cordiale hospitalité.

Guillaume avait toujours été un homme qui
préférait le bien au mal, mais cet accident et la
longue maladie qui le suivit le rendirent encore
plus sérieux qu'auparavant; il pensa dès lors à se
préparer avant tout à la mort et à l'éternité, et ne
s'occupa plus uniquement d'affaires terrestres. Il
rebâtit la vieille abbaye, la dota richement, et fit
venir de France Martin, pour qu'il en devînt
abbé; il n'aimait rien tant que d'y aller prier, de
s'entretenir avec l'abbé, et de lui entendre lire les
saintes Écritures. Il trouvait que ses affaires tem-
porelles et l'éclat de sa position étaient une si
grande tentation pour son âme, qu'un jour il vint
trouver l'abbé pour lui dire qu'il voulait renoncer
à tout cela pour devenir un simple moine. Mais
Martin refusa de le recevoir dans l'ordre. Il lui dit
qu'il n'avait pas le droit d'abandonner les devoirs

du poste où Dieu l'avait mis; que ce serait un grand péché, et que la meilleure manière de servir Dieu était de gouverner justement ses sujets. Il l'exhorta à prendre patience jusqu'à ce qu'il eût accompli sa tâche et que son fils fût assez âgé pour le remplacer, ajoutant qu'alors il pourrait quitter le tourbillon du monde et chercher le repos du cloître. C'était dans l'espoir de connaître enfin ce repos que Guillaume s'était procuré cet humble costume qu'il pensait porter un jour dans la paix et le recueillement.

— Mais, ô mon noble seigneur ! s'écria l'abbé Martin d'une voix entrecoupée par les sanglots, Dieu a été bien miséricordieux à ton égard. Il t'a repris dans son repos bien longtemps avant le moment où tu osais l'espérer.

Les barons normands quittèrent la chambre à pas lents et le cœur ému; Richard, qu'ils semblaient avoir oublié, erra dans les escaliers en cherchant à trouver le chemin de la chambre où il avait dormi la nuit précédente. Au bout de quelques pas, il entendit Osmond qui lui criait :

— Par ici, Monseigneur !

Il leva les yeux, vit un bonnet blanc se détacher dans l'ombre à quelque distance, et s'élança tout joyeux dans les bras de dame Astrida.

Quel bonheur ce fut pour lui de s'asseoir sur ses
genoux, d'appuyer sur son sein sa tête appesantie,
tandis que d'une voix faible il lui disait :

— O dame Astrida ! je suis fatigué, très-fatigué
d'être duc de Normandie !

CHAPITRE IV.

Richard était très-impatient d'en savoir davantage sur le compte du petit garçon qu'il avait vu parmi ses vassaux; aussi questionna-t-il à ce sujet le sire de Centeville.

— Ah! le jeune baron de Montémar, dit Eric; je connaissais bien son père, et c'était un vaillant homme, bien qu'il n'eût pas du sang normand dans les veines. Il était gouverneur des frontières de l'Epte, et fut tué en combattant à côté de votre père lors de l'invasion du vicomte du Contentin, à l'époque de votre naissance, Monseigneur Richard (1).

— Mais où vit-il ce petit garçon? ne le reverrai-je pas?

— Le château de Montémar est sur les rives de l'Epte, dans une partie de territoire que les Fran-

(1) Voyez la note 10.

çais nous disputent à tort. C'est là qu'il vit avec sa
mère ; mais peut-être n'est-il pas encore reparti, et
dans ce cas vous pourrez le voir à l'instant. Osmond, va t'informer où loge le jeune sire de Montémar, et dis-lui que le duc désire le voir.

L'impatience avec laquelle Richard attendait le
retour d'Osmond était bien naturelle, car jamais
encore il n'avait eu de compagnon de jeu de son
âge. Il était à la fenêtre lorsque Osmond entra dans
la cour accompagné du petit garçon de la veille.
Un homme à cheveux gris, portant au cou la chaîne
d'or de sénéchal, marchait derrière eux. Richard
courut à leur rencontre jusqu'à la porte, et tendit
avec empressement la main au nouveau venu. Albéric découvrit sa chevelure d'un noir brillant et
s'inclina profondément et avec grâce, puis il demeura silencieux et comme indécis sur ce qu'il devait faire. De son côté, Richard se sentit pris d'un
accès de timidité, de sorte que les deux enfants
restèrent à se regarder d'un air assez gauche.

Il était facile de voir qu'ils étaient de race diffé-
rente, car le contraste était grand entre les yeux
bleus, les cheveux blonds et le teint clair du jeune
duc, et les yeux noirs et les joues brunes de son
vassal français. Ce dernier, plus âgé de deux ans
que Richard, n'était cependant guère plus grand

que lui, et son corps mince, quoique bien propor-
tionné et annonçant de la vie et de l'agilité, ne
promettait pas pour l'avenir autant de force que la
taille élancée et les muscles vigoureux de Richard.
Déjà alors on pouvait prévoir que le petit duc at-
teindrait la stature gigantesque de son grand-père
Rollo le Marcheur.

Richard et le jeune baron passèrent quelques
minutes à s'examiner de la tête aux pieds sans prononcer une parole. Le vieil Eric de Centeville ne
les mit pas beaucoup plus à l'aise en disant avec
son ton brusque :

— Eh bien, seigneur, le voici ; vous ne le recevez
pas mieux que cela?

Tous deux rougirent à ces paroles.

— Les enfants sont toujours ainsi la première
fois qu'ils se voient, dit dame Astrida. Votre noble
mère est-elle en bonne santé, mon jeune seigneur?

Albéric devint plus rouge encore, salua la vieille
dame, et répondit à voix basse, en français :

— Je ne sais pas parler la langue normande.

A ces mots, Richard, tout content d'avoir quelque chose à dire, se mit à interpréter les paroles de
dame Astrida; Albéric répondit aussitôt avec
courtoisie que sa mère était bien, et remercia la
dame de Centeville. Puis l'embarras revint, et dame

Astrida ne les en tira qu'en engageant Richard à emmener le jeune baron avec lui pour lui montrer les écuries, les meutes, et tout ce qui pourrait l'intéresser dans le château.

Richard obéit avec empressement; les deux enfants descendirent dans la cour, et une fois en plein air, leur timidité s'évanouit bientôt. Richard montra d'abord son petit cheval, et Albéric lui demanda s'il savait monter en selle sans mettre le pied sur l'étrier. Richard ne le savait pas. Osmond lui-même, qui était venu les rejoindre, déclara qu'il ne l'avait jamais vu faire; car la science de la chevalerie française n'était encore que très-peu connue en Normandie.

— Pouvez-vous nous montrer comment vous faites cela? dit Richard.

— Je le pourrais certainement avec mon petit cheval, répondit Albéric, car Bertrand ne me permet jamais de monter en selle autrement. Je vais essayer avec le vôtre, si vous le désirez, Monseigneur.

On amena le cheval de Richard. Albéric mit une main sur sa crinière, et en un bond se trouva sur son dos, aux acclamations d'Osmond et de Richard.

— Oh! ceci n'est rien, dit Albéric, Bertrand dit que ce n'est rien. Avant qu'il fût vieux et cassé, il savait monter en selle ainsi, armé de toutes pièces. Je devrais faire mieux.

Richard le pria de lui apprendre à faire ce tour d'adresse; Albéric le répéta plusieurs fois sous ses yeux; mais à la fin la patience du petit cheval fut mise à bout et il se cabra tout de bon. Albéric dit qu'il s'était exercé d'abord sur un cheval de bois, et il conseilla à Richard de faire de même.

Après s'être promenés encore un moment dans la cour, les enfants montèrent par l'escalier en spirale jusqu'aux créneaux de la tour de Rollo, et de là ils contemplèrent longtemps la vue qui s'étendait au-dessous d'eux. Immédiatement à leurs pieds étaient les rues étroites, les maisons entassées et les clochers de Rouen; un peu plus loin, la Seine s'élargissait et brillait au soleil en descendant vers la mer, tandis qu'avant de traverser la ville elle serpentait comme un ruban d'un bleu foncé à travers les riches et vertes plaines de la fertile Normandie. Richard et Albéric s'amusèrent à jeter des cailloux et des morceaux de mortier pour les entendre tomber au bas de la tour; ensuite ils voulurent voir lequel pourrait se tenir le plus près du bord sans que la tête lui tournât. Ce fut Richard, et, à ce sujet, il se mit à dépeindre, d'après les récits de dame Astrida, les montagnes et les précipices de Norwége, au milieu desquels elle aimait tant à errer lorsqu'elle était jeune fille.

Quand les deux petits garçons redescendirent
dans la grande salle pour dîner, ils étaient déjà
comme de vieux amis. Le repas fut servi avec autant d'étiquette que la veille : Richard dut occuper
le grand fauteuil d'honneur, avec le vieux comte
de Harcourt à côté de lui. Cependant, comme dame
Astrida était assise à sa droite, cela le consola un peu.

Aussitôt après le dîner, Albéric de Montémar se
leva pour prendre congé du petit duc, car il devait
repartir dans l'après-midi. En ce moment, le comte
Bernard qui, pendant tout le repas, avait observé
Albéric de dessous ses épais sourcils, se tourna vers
Richard, auquel il n'adressait que rarement la parole :

— Voyons, Monseigneur, lui dit-il, aimeriez-
vous à avoir ce jeune homme-là pour camarade?

— Il resterait toujours avec moi? s'écria Richard
avec empressement. Oh! merci, seigneur comte;
peut-il vraiment rester?

— Vous êtes le maître ici.

— Albéric! s'écria Richard en quittant son fauteuil
de parade et en s'élançant vers lui, voulez-vous rester
avec moi, et devenir mon camarade et mon frère?

Albéric baissa les yeux.

— Je dois vous obéir, Monseigneur, répondit-il
en hésitant; mais...

— Allons, jeune Français, expliquez-vous, dit Bernard ; parlez franchement, comme un homme du Nord, si vous le pouvez.

La rudesse de ce langage parut rendre au petit baron toute sa présence d'esprit ; il leva fièrement les yeux sur le visage rébarbatif du vieux Danois, et répondit d'une voix ferme :

— J'aime mieux ne pas rester ici.

— Comment, vous ne voulez pas faire plaisir à votre seigneur?

— Je le servirai loyalement toute ma vie ; mais il peut se passer d'un camarade, et ma mère n'a que moi.

— Bravo ! mon enfant, dit le vieux comte, et il posa sa large main sur la tête d'Albéric, tandis que ses traits durs et renfrognés prirent une expression de douceur qui surprit Richard. Se tournant ensuite vers Bertrand, sénéchal d'Albéric, le comte Bernard lui dit :

— Portez à la noble dame de Montémar les salutations du comte de Harcourt. Dites-lui qu'elle a un fils dont elle peut être fière, et que si elle consent à ce qu'il soit élevé auprès de notre jeune duc comme son camarade et son frère d'armes, il sera bien reçu à la cour de Normandie.

— Ainsi, Albéric, vous reviendrez peut-être? dit Richard.

— Je suivrai le bon plaisir de ma mère, répondit simplement Albéric; et après avoir pris congé du jeune duc et des nobles avec toutes les formes en usage, il partit escorté de son sénéchal.

Pendant les jours qui suivirent, Richard ne cessa de demander à ceux qui l'entouraient s'ils pensaient qu'Albéric reviendrait. A sa grande joie, tous s'accordaient à dire que ce serait une grande folie à la dame de Montémar de refuser une offre aussi avantageuse. Dame Astrida seule disait qu'elle ne croyait pas qu'elle voulût se séparer de son fils. Cependant le temps se passait, et le baron de Montémar n'arrivait pas. Le petit duc commençait à perdre l'espoir, lorsqu'un soir, comme il revenait de promenade avec le baron Eric et Osmond, il vit quatre cavaliers qui s'avançaient vers eux, ayant un petit garçon à leur tête.

— C'est Albéric, j'en suis sûr! s'écria-t-il.

Il ne se trompait pas, et tandis que Bertrand le sénéchal s'acquittait envers le baron du message de sa maîtresse, Richard alla souhaiter la bienvenue à son jeune hôte.

— Oh! que je suis content que votre mère vous ait laissé venir! s'écria-t-il.

— Elle a dit qu'elle préférait que je partisse, parce qu'elle voyait bien qu'il était trop difficile pour elle d'élever un jeune guerrier dans un endroit aussi retiré que le nôtre.

— Avez-vous été bien fâché de revenir ?

— J'espère que je m'habituerai à vivre avec vous, et puis Bertrand viendra me chercher tous les trois mois pour faire un séjour à la maison, si vous le permettez, Monseigneur.

Richard était ravi. Il lui sembla qu'il ne pourrait jamais assez faire pour rendre le séjour de Rouen agréable à son ami. Celui-ci, au bout de deux ou trois jours, avait recouvré sa gaieté, et pensait à sa mère avec moins de tristesse. Il devint le compagnon inséparable de Richard, et se prit aussi d'une vive affection pour Eric et dame Astrida, dont il se faisait comprendre en parlant un curieux mélange de français et de normand. Evidemment, Albéric était pour le petit duc un meilleur compagnon de jeu qu'Osmond de Centeville. En effet, Osmond, plus âgé que lui, ne jouait guère que pour amuser Richard, et lui laissait toujours l'avantage dans tous les jeux, de sorte que Richard devenait de plus en plus dominateur. Ceci n'allait pas du tout à Albéric.

— Il faut que je sache, dit-il un jour, si en

4

jouant vous voulez que nous continuions à être
ensemble comme seigneur et vassal. Dans ce cas,
faites comme il vous plaira.

Et il se remit à jouer avec si peu d'entrain que
Richard se fâcha.

— Je n'y puis rien, dit Albéric ; si vous voulez
avoir tous les avantages de votre côté, ce n'est plus
un amusement pour moi. Je vous obéirai puisque
vous êtes le duc, mais je ne puis plus y mettre
d'intérêt.

— Oublie que je suis duc, et jouons comme cela
t'amusera le plus.

— Alors il faut faire comme je faisais avec les fils
de Bertrand à Montémiar. J'étais leur baron comme
vous êtes mon duc ; mais ma mère disait qu'il n'y
avait pas d'entrain possible si nous n'oubliions tout
cela en jouant.

— Eh bien, oui, faisons comme cela. Viens, Albéric, c'est toi qui commenceras.

Tout alla bien dès lors, et, le jeu fini, Albéric
était aussi respectueux envers le duc que le requérait
la différence de leur rang. Le jeune Français avait
même dans toute sa tenue bien plus de grâce et de
courtoisie qu'on ne pouvait en trouver alors parmi
les Normands. Il devait cela à l'éducation qu'il
avait reçue de sa mère, qui était d'une noble fa-

mille provençale. Le chapelain de Montémar avait
déjà commencé à lui donner des leçons de lecture
et d'écriture, et il avait bien plus de goût pour l'é-
tude que Richard. Le petit duc aurait certainement
tout fait pour échapper aux leçons du père Lucas,
si Martin, l'abbé de Jumièges, ne lui avait rappelé
les désirs que son père avait manifestés à cet égard.

Une chose que Richard ne pouvait pas souffrir
non plus, c'était d'assister au conseil. Au fond,
c'était bien le comte de Harcourt qui gouvernait le
duché ; mais rien ne pouvait être fait sans le consentement du duc, et une fois par semaine au
moins, on tenait, dans la grande salle de la tour de
Rollo, ce qu'on appelait un *parlement*. Là, le
comte Bernard, l'archevêque, le baron de Centeville, l'abbé de Jumièges et tous les autres évêques,
nobles ou abbés qui se trouvaient alors à Rouen,
tenaient conseil entre eux sur les affaires de la Normandie. Le petit duc était obligé d'être présent, et
de passer de longues heures sur son fauteuil ducal,
tandis qu'on traitait devant lui les questions à
l'ordre du jour. Il entendait, plutôt qu'il n'écoutait,
ce qui se disait sur les réparations et la garde des
châteaux, les taxes à lever sur les vassaux, les ré-
clamations suscitées par les actes arbitraires des
barons de l'échiquier, qui étaient des nobles en-

voyés dans le duché pour administrer la justice. On discutait aussi sur la conduite politique des princes voisins, du roi de France, Louis, du comte Foulques d'Anjou et du comte Herluin de Montreuil, et l'on se demandait jusqu'à quel point on pouvait croire aux bonnes dispositions de Hugues de Paris et d'Alain de Bretagne.

Le petit duc s'ennuyait beaucoup pendant tout ce temps, en outre il se sentait blessé de la décision prise par les Normands de ne pas déclarer la guerre au méchant comte de Flandre. Il poussait de longs soupirs, bâillait à se démettre la mâchoire, et s'agitait sur son fauteuil. Mais le comte Bernard lui lançait alors un regard si sévère que cela le rappelait à l'ordre pour quelques instants. Jamais Bernard ne lui adressait de louanges, jamais il ne s'intéressait à ses plaisirs d'enfant. Il le traitait avec le respect cérémonieux qui lui était dû comme prince, ou bien lui adressait en termes sévères une réprimande sur son impatience, ou sur quelque autre enfantillage.

Richard avait été accoutumé aux gâteries et aux caresses de tous les membres de la maison de Centeville, il jouait au milieu d'eux le personnage important; aussi prit-il le vieux comte en telle aversion, que plus d'une fois il déclara à Albéric qu'aussitôt parvenu à l'âge de quatorze ans, époque de sa majorité, il enverrait le vieux Danois se mêler de ses propres affaires dans son château de Harcourt.

— Au moins, disait-il, il ne sera plus là le soir assis dans un coin, avec son air sombre et renfrogné, pour gâter tout notre jeu.

L'hiver était venu, et Osmond conduisait chaque jour les enfants à la pièce d'eau la plus voisine pour leur apprendre à patiner. Les Normands se glorifiaient encore d'exceller dans ce genre d'exercice, bien qu'ils eussent quitté depuis longtemps les glaces de la Norwége.

Un jour, comme ils revenaient de patiner, ils furent surpris d'entendre dans la cour du château les piaffements de plusieurs chevaux et le murmure confus d'un grand nombre de voix.

— Qu'est-ce que cela peut signifier? dit Osmond. C'est sûrement une arrivée de vassaux, le duc de Bretagne, peut-être.

— Ah ! s'écria Richard d'une voix piteuse, nous avons déjà eu un conseil cette semaine, j'espère qu'il n'y en aura pas d'autre!

— Il doit se passer quelque chose d'extraordinaire, dit Osmond. Et justement le comte de Harcourt n'est pas à Rouen ces jours-ci.

Richard pensa que ce n'était qu'un petit mal-

4.

heur. Albéric, qui avait pris les devants, revint en criant :

— Ce sont des Français! Ils parlent la langue française et non pas le normand.

— S'il en est ainsi, dit Osmond, nous n'irons pas nous exposer au milieu d'eux inconsidérément. Je voudrais savoir quel parti prendre.

Osmond s'arrêta et demeura quelques minutes à réfléchir. Les petits garçons le regardaient avec anxiété. Avant qu'il fût arrivé à une décision, un écuyer normand sortit du château et s'avança vers eux, accompagné de deux étrangers.

— Monseigneur, dit-il en français à Richard, le sire de Centeville m'envoie vous annoncer que le roi de France est arrivé pour recevoir votre hommage.

— Le roi! s'écria Osmond.

— Lui-même, dit le Normand; puis il ajouta en langue norse : Il amène avec lui une suite de mauvais augure. Je souhaite qu'il n'en résulte que du bien pour Monseigneur. Vous voyez que je suis escorté. Je suis sûr que Louis est arrivé à l'improviste pour vous surprendre et vous empêcher de mettre l'enfant hors de son atteinte.

— Pourquoi donc est-il venu? demanda Richard avec inquiétude; que dois-je faire?

— Il faut entrer au château, il n'y a rien d'autre à faire, dit Osmond. Vous saluerez le roi comme cela est convenable, vous fléchirez le genoux devant lui, et vous lui rendrez hommage.

Richard répéta plusieurs fois en lui-même la formule qu'il devait prononcer, et entra dans la cour, tandis que ceux qui l'accompagnaient se tenaient respectueusement en arrière. La cour était encombrée d'hommes et de chevaux, et ce ne fut qu'en criant d'une voix retentissante : « Le duc ! le duc ! » qu'Osmond parvint à frayer un passage à la petite troupe. Quelques secondes après, Richard se trouvait dans la grande salle.

Un homme de petite taille, à la mine chétive, au teint pâle, qui paraissait âgé d'une trentaine d'années, était assis sur le fauteuil ducal, à l'extrémité de la pièce. Il était vêtu d'une superbe tunique bleu et or. Le baron de Centeville et d'autres personnages d'un rang élevé l'entouraient respectueusement. Il parlait avec l'archevêque qui, en ce moment même, jetait, ainsi qu'Eric, des regards anxieux sur le petit duc. Richard s'avança vers le roi, mit un genou en terre; mais au moment où il commençait à balbutier : « Louis, roi de France, je...» il se sentit enlevé de terre et se trouva dans les bras du roi, qui l'embrassa sur les deux joues.

Louis l'assit ensuite sur ses genoux en s'écriant :

— C'est donc là le fils de mon brave et noble ami le duc Guillaume ! Je l'aurais reconnu tant il lui ressemble. Que je vous embrasse de nouveau, mon cher enfant, pour l'amour de votre père !

Richard était tout étourdi de ces caresses, il trouvait le roi bien bon, et ne fut pas peu flatté lorsque Louis se mit à le complimenter sur son air mâle et noble, se plaignant de ce que ses fils, Lothaire et Carloman, étaient de bien plus petite taille et très-retardés pour leur âge. Il combla Richard de louanges et de caresses, s'extasiant sur chaque mot qui sortait de sa bouche. Dame Astrida elle-même ne s'était jamais tant occupée de lui. Richard commençait à se demander pourquoi Bernard de Harcourt le traitait avec tant de sévérité, tandis qu'un roi de France l'accablait d'éloges.

CHAPITRE V.

Richard dut coucher cette nuit-là dans la chambre qui avait appartenu à son père; Albéric de Montémar, en qualité de page, dormit à ses pieds, tandis qu'Osmond de Centeville se fit un lit sur le parquet, en travers de la porte, et mit son épée à côté de lui, pour être en mesure de protéger au besoin son jeune maître.

Tous dormaient depuis quelque temps, lorsque Osmond s'éveilla en sursaut, en sentant la porte s'entr'ouvrir. Il saisit son épée, et, appuyant son épaule contre la porte, il s'efforça de résister à celui qui la poussait du dehors. En ce moment, il reconnut la voix de son père, qui lui disait tout bas, en langue norse :

— Ouvre, c'est moi !

Il ouvrit aussitôt et le vieux baron de Centeville entra. Il était pieds nus et marchait avec précaution. Il s'assit sur le lit en faisant signe à son fils de faire de même, afin qu'ils pussent parler plus bas.

— C'est bien! Osmond, dit-il, tu n'as que trop raison de te tenir sur tes gardes, car les périls l'environnent. Le Franc machine contre lui. Je tiens de bonne source qu'avant de venir ici duper et enlacer le pauvre enfant par des paroles mielleuses, il a eu des entrevues avec Arnulf de Flandre.

— L'ingrat! le traître! murmura Osmond. Devinez-vous quel est son projet?

— Son projet! c'est d'emmener l'enfant avec lui et de détruire le dernier rejeton de la race de Rollo. Il donnera pour prétexte son désir de l'avoir sous sa tutelle paternelle? Ne l'as-tu pas entendu leurrer de promesses le pauvre enfant et lui dire que les princes seraient ses amis et ses compagnons de jeu. Je ne comprenais pas tout ce qu'il disait, mais c'était facile à deviner.

— Vous ne permettrez jamais qu'il nous enlève notre duc?

— S'il le fait, ce sera en marchant sur nos corps; mais, pris à l'improviste comme nous le sommes, notre résistance servira à peu de chose. Le château est rempli de Français; ils fourmillent dans les salles et dans les cours. Alors même que nous réussirions à rassembler nos Normands, nous ne pourrions réunir que douze hommes tout au plus, ce serait une lutte désespérée. Malgré cela, nous sommes prêts à mourir, s'il le faut, plutôt que de souffrir que notre jeune duc nous soit enlevé, sans du moins qu'on nous laisse un otage qui nous réponde de sa sûreté, et sans que le pays en soit informé.

— Le roi n'aurait pas pu arriver à un plus mauvais moment, dit Osmond.

— Justement alors que Bernard le Danois est absent. S'il savait seulement ce qui est arrivé, il soulèverait le duché et viendrait à notre secours.

— N'y a-t-il personne que nous puissions lui envoyer cette nuit même pour lui porter ces nouvelles?

— Je ne vois personne! dit Eric d'un air pensif. Il nous faut tous nos gens pour garder l'enfant demain; d'ailleurs le roi a fait mettre des Français à toutes les portes, et ces étrangers sont tellement nombreux que je ne saurais où trouver un Normand.

— Baron Eric! dit en ce moment une voix d'enfant. On entendit le pas d'un petit pied nu, et Albéric de Montémar se trouva devant Eric. Je n'ai pas voulu écouter, dit-il, mais je n'ai pas pu m'em-

pêcher de vous entendre. Je ne suis pas encore
assez grand pour défendre le duc, mais ne pourrais-
je pas porter un message?

— C'est une inspiration du ciel! dit Osmond à
son père. Une fois hors du château, et dans Rouen,
il lui serait bien facile de faire savoir au comte
ce qui se passe ici. Il pourrait aller au couvent
de Saint-Ouen, ou, ce qui vaudrait encore mieux,
chez le fidèle armurier Thibault, qui se chargerait
d'envoyer à Bernard le Danois un messager à
cheval.

— Voyons... dit Eric. S'il y avait moyen ?...
Mais comment le faire sortir du château?

— Je sais un chemin, dit Albéric. La semaine
dernière, notre balle est restée prise dans le lierre
qui couvre le mur; le pont-levis était déjà levé, et
j'ai réussi à descendre dans le fossé par la muraille
de l'est.

— Si Bernard savait comment vont les choses,
comme je me sentirais soulagé! dit le sire de Centeville. Tu peux nous rendre là un fameux service,
jeune Français.

— Osmond, dit tout bas Albéric en s'habillant à
la hâte, demandez pour moi une chose à votre père,
c'est qu'il ne m'appelle plus jeune Français?

Eric l'entendit.

— Montre-toi digne de porter le nom de Normand, mon garçon, dit-il en souriant.

— N'y aurait-il aucun moyen de faire sortir du château le duc lui-même ? dit Osmond. Si demain matin je pouvais franchir la poterne avec lui et le conduire à la ville, il serait hors de danger. Nous soulèverions les bourgeois, ou bien nous nous réfugierions dans la cathédrale jusqu'à l'arrivée du comte, et Louis, à son réveil, trouverait que sa proie lui est échappée.

— Cela pourrait peut-être réussir, dit son père ; j'en doute, cependant. Les Français sont trop sur l'éveil, toutes les portes sont gardées.

— Oui, mais tous les Français n'ont pas vu le duc, et croyez-vous qu'un écuyer et un petit page puissent exciter leurs soupçons ?

— Mais le duc voudra-t-il se comporter comme un petit page ? Je crains que vous ne l'obteniez pas de lui. D'ailleurs, les flatteries du roi lui ont tellement tourné la tête, que je doute qu'il consente à quitter Louis pour suivre le vieux comte Bernard. Pauvre enfant, il n'apprendra que trop tôt quels sont ses vrais amis !

— Je suis prêt, dit en ce moment Albéric en s'approchant d'eux.

Le baron de Centeville lui renouvela ses in-

structions, et resta pour garder Richard, pendant
que son fils allait veiller au départ d'Albéric. Tous
deux descendirent l'escalier le plus doucement possible; ils évitèrent la grande salle qui était remplie
de Français, et se glissèrent en tapinois le long
d'un corridor jusqu'à une petite fenêtre grillée.
Albéric eut bientôt passé à travers les barreaux,
grâce à sa taille mince et frêle. La distance entre la
fenêtre et le sol n'était que de deux fois sa hauteur,
et la muraille était tellement couverte de lierre que
ce n'était pas une descente très-dangereuse pour
quelqu'un de leste. Aussi Albéric fut-il bientôt en
bas. Alors il leva la tête, agita sa toque d'un air de
triomphe, puis courut le long du fossé et se perdit
bientôt dans l'obscurité.

Osmond retourna à la chambre du petit duc,
et releva son père de sa garde. Pendant que tout
ceci se passait, Richard continuait à dormir d'un
profond sommeil, ne se doutant guère des com-
plots que machinaient ses ennemis, ni des plans
que faisaient pour sa délivrance ses sujets fidèles
et dévoués. Osmond se dit que c'était pour le
mieux, et qu'il fallait continuer à le laisser dans
l'ignorance de ce qui se passait. Il ne comptait
guère sur la patience et le calme de Richard, et
pensait qu'il réussirait mieux à le faire sortir

incognito s'il ignorait le danger de sa situation.

Lorsque Richard se réveilla, la première chose qu'il fit fut de demander où était Albéric. Osmond lui répondit qu'il était allé porter un message à Thibault l'armurier, et comme c'était une chose toute simple, Richard ne soupçonna rien. En s'habillant, il parla du roi et de tout ce qu'il ferait avec lui dans la journée. Quand il fut prêt, il sortit pour aller comme d'habitude à la messe du matin.

— Ne passons pas par là aujourd'hui, Monseigneur, dit Osmond en arrêtant Richard au moment où il allait entrer dans la grande salle. La salle est encombrée de Français qui y ont couché cette nuit; venez plutôt par la poterne.

Osmond prit les devants; il voulait arriver le premier pour voir s'il y avait chance de réussite. Comme il s'y attendait, la poterne était gardée par deux hommes d'armes, couverts de leurs cuirasses, qui lui barrèrent le chemin en disant :

— Personne ne sort du château sans une permission.

— Vous ne voulez pourtant pas empêcher les gens du château d'aller à leurs affaires de tous les jours. Si vous interrompez ainsi toute communication avec la ville, vous risquez fort de vous passer de vivres.

— Apportez-nous votre permission, répéta l'un des hommes d'armes.

Au moment où Osmond leur expliquait qu'il était le fils du sénéchal du château, Richard arriva en toute hâte.

— Qu'est-ce que cela veut dire ? Ces gens-là prétendent-ils nous empêcher de sortir? s'écria-t-il avec le ton impérieux qui lui était devenu habituel depuis son sacre. En avant, Osmond!

Les sentinelles se regardèrent et restèrent impassibles. Osmond vit qu'il était inutile de persister davantage, et il s'efforçait d'emmener le jeune duc, craignant qu'il ne se fît reconnaître; mais Richard lui résista.

— De quel droit nous ferme-t-on les portes? demanda-t-il. Ne sommes-nous pas les maîtres?

— Le roi a donné l'ordre de ne laisser sortir personne du château sans une permission, répondit Osmond. Il nous faut attendre.

— Je veux passer, dit Richard, impatienté de rencontrer une opposition à laquelle il n'était pas accoutumé. Comment peux-tu parler ainsi, Osmond? Ce château est le mien. Personne n'a le droit de m'empêcher de faire ce que je veux. Entendez-vous, valets, faites-moi place, je suis le duc!

Les hommes d'armes s'inclinèrent, mais en répétant que leurs ordres étaient formels.

— Je vous dis que je suis le duc de Normandie, et je veux aller où il me plaît, s'écria Richard avec colère et en essayant de forcer le passage. Mais une des sentinelles l'empoigna vigoureusement avec son gantelet de fer et le retint prisonnier.

— Veux-tu me laisser aller, cria le petit duc en se débattant de toutes ses forces. Osmond, Osmond, à l'aide !

Osmond l'eut bientôt délivré, en lui mettant la main sur le bras :

— Allons-nous-en, Monseigneur, dit-il, il ne nous convient pas de lutter avec de telles gens.

— Je veux lutter ! cria le petit garçon ; je ne souffrirai pas qu'on vienne me barrer le chemin dans mon propre château. Je dirai au roi comme ces coquins-là m'ont traité ; je les ferai mettre dans le donjon. Baron Eric ! Où est le baron Eric ?

Et il se précipita vers les escaliers. Osmond courut après lui, craignant qu'il n'allât s'exposer à de nouveaux dangers, car ses cris pouvaient attirer d'autres Français. Cependant, le sire de Centeville était trop inquiet sur le résultat de leur tentative pour rester bien éloigné d'eux, et il se tenait debout, l'oreille au guet, sur la première marche de l'escalier. Richard, trop en colère pour faire attention où il allait, se précipita contre lui sans le voir, et lorsqu'il se sentit retenu dans les bras du baron, il s'écria avec passion :

— Baron Eric, baron Eric ! ces Français sont d'impudents coquins, ils ne veulent pas me laisser passer !

— Chut ! chut ! Monseigneur, dit Eric ; venez avec moi !

Bien qu'impérieux avec tous ceux qui l'entouraient, Richard était toujours très-soumis au sire Eric, qui, depuis de longues années, avait été pour lui comme un père. Il se laissa donc emmener par lui tout au haut d'un escalier tournant, qui devenait toujours plus étroit, et dont les dernières marches tombaient en ruines. Cet escalier conduisait à l'étage le plus élevé de l'une des tours, dans une petite chambre ronde, aux murs épais, qui avait pour seules fenêtres d'étroites meurtrières. Là, Richard vit à sa grande surprise dame Astrida, à genoux, qui disait son chapelet. Avec elle étaient deux ou trois de ses femmes et quelques Normands, tant chevaliers que soldats.

— Ainsi, tu as échoué, Osmond ? dit Eric à son fils qui les avait suivis.

— Qu'est-ce qu'il y a donc ? demanda Richard.

Pourquoi dame Astrida est-elle montée jusqu'ici ?
Ne puis-je pas aller vers le roi pour faire punir
ces insolents Français ?

— Ecoutez-moi, Monseigneur Richard, dit Eric.
Ce roi, dont les paroles mielleuses vous ont tant
charmé hier au soir, n'est qu'un misérable hypo-
crite. Les Francs ont toujours craint et haï les Normands, et comme ils sont hors d'état de nous vaincre en guerre ouverte, ils ont recours à la fraude.
Louis est venu de Flandre ici, soi-disant pour vous
prendre sous sa tutelle, mais en réalité pour vous
conduire dans quelque prison de son royaume.

— Vous ne me laisserez pas emmener par lui ?
dit Richard.

— Non certes, pas tant que je vivrai, dit le
baron. Albéric est allé avertir le comte de Harcourt,
pour qu'il rassemble les troupes normandes, et, en
attendant, nous sommes prêts à vous défendre ici
jusqu'à notre dernier souffle. Mais nous ne sommes qu'une poignée d'hommes, les Francs sont
nombreux, et le secours est encore éloigné.

— Osmond, dit le petit duc, était-ce pour me sauver que tu voulais sortir du château avec moi tout
à l'heure ?

— Oui, Monseigneur.

— Et si je ne m'étais pas mis en colère, si je n'a-

vais pas dit qui j'étais, j'aurais pu être sauvé ! O baron Eric ! vous ne me laisserez pas emmener dans
une prison française ?

— Mon pauvre cher enfant, dit dame Astrida en
l'attirant dans ses bras, mon fils fera pour vous tout
ce qu'il pourra ; mais nous sommes dans les mains
de Dieu !

Richard appuya sa tête sur son épaule.

— Oh ! que je voudrais ne pas m'être mis en colère, dit-il tristement. Puis, la regardant d'un air
de surprise : Comment donc avez-vous pu monter
ici ? lui demanda-t-il.

— C'était bien pénible pour mes vieilles jambes,
dit dame Astrida, mais mon fils m'a aidé. Il dit que
c'est le seul endroit sûr qu'il y ait dans le château.....

— Le plus sûr, interrompit Eric, et ce n'est pas
beaucoup dire.

— Ecoutez ! dit Osmond, quel tintamarre font
ces Francs. Ils commencent à s'apercevoir de
l'absence du duc.

— A l'escalier, Osmond ! dit le baron. Un seul
homme peut les tenir longtemps en respect sur ces
marches étroites. Tu connais aussi leur jargon et
tu peux essayer de parlementer.

— Peut-être penseront-ils que je suis parti, s'ils

ne me trouvent pas, dit Richard à voix basse, et alors ils s'en iront.

Pendant ce temps Osmond et deux Normands se plaçaient à leur poste sur les premières marches de l'escalier tournant. On ne pouvait tenir qu'un homme sur chaque marche, en sorte que leur position était très-difficile à forcer.

Osmond, qui était en bas, pouvait facilement entendre le bruit des pas des Français et le murmure confus de leurs voix. Il put même comprendre qu'ils consultaient ensemble sur ce que pouvait être devenu le jeune duc, et qu'ils se mettaient à sa recherche. Bientôt après on entendit un cliquetis d'armes dans l'escalier. Un Français parut tout à coup et se trouva face à face avec le jeune sire de Centeville.

— Holà, Normand! cria-t-il en reculant de surprise, que faites-vous ici?

— Mon devoir, répondit laconiquement Osmond, je garde cet escalier.

Le Français redescendit quelques marches, et l'on entendit un chuchotement.

— Messire Normand, dit une voix doucereuse.

— Que voulez-vous? demanda Osmond, et il vit paraître la tête d'un autre Français.

— Pourquoi vous tenez-vous sur la défensive?

5.

dit celui-ci. Notre roi est venu vous faire une visite
et vous l'avez reçu hier au soir comme de fidèles
vassaux. Pourquoi maintenant cacher votre jeune
duc, comme s'il courait quelque danger? Le roi
trouve cela fort mauvais et demande à voir le duc
immédiatement.

— Votre roi, répliqua Osmond, voudrait avoir le
duc sous sa tutelle. Or, comme il a été confié aux
mains de mon père, le sire de Centeville, par les
Etats de Normandie, mon père ne cédera sa charge
à personne tant que les Etats la lui conserveront.

— Cela veut dire, insolent Normand, que vous
comptez séquestrer l'enfant et le tenir éloigné du
roi. Vous feriez mieux de céder, pour son bien et
pour le vôtre. Le roi est le tuteur légitime du duc,
et il ne permettra pas qu'il soit élevé dans la rébellion par des pirates du Nord.

A ce moment un cri retentit au dehors avec tant
de force qu'il couvrit la voix des deux interlocu-
teurs, un cri bienvenu aux oreilles d'Osmond et que
répétaient des multitudes de voix.

— Haro! Haro! notre petit duc! C'était là un
des cris favoris des Normands. Le vieux duc Rollo
avait toujours été si juste et si prompt à redresser
tour les torts, que son nom seul était regardé comme
une protestation contre l'injustice. Haro n'était que

l'abrégé de Ha Rollo ! Ce cri annonçait à Osmond
que ceux dont Rollo avait été le père se rassem-
blaient pour défendre son petit-fils orphelin.

L'espérance était aussi rentrée dans la chambre
de la tourelle. Richard se crut déjà délivré, et quittant dame Astrida, il se mit à sauter de joie. Tout
son désir eût été de voir les fidèles Normands qui
demandaient à grands cris leur petit duc, en accablant les Français d'imprécations ; mais les meurtrières étaient si élevées qu'on ne pouvait rien voir
que le ciel. Le vieux baron de Centeville était aussi
impatient que l'enfant, car le désir de savoir quelles
étaient les forces rassemblées et les mesures prises,
le mettait hors de lui-même. Il ouvrit la porte, ap-
pela son fils et lui demanda s'il savait ce qui se
passait, mais Osmond n'en savait pas plus que lui.
Il ne pouvait voir que la voûte basse et noircie du
tortueux escalier, et les clameurs du dehors, en re-
doublant de minute en minute, l'empêchaient d'entendre ce qui avait lieu dans l'intérieur du château.
A la fin cependant il cria à son père en langue norse :

— Voilà un baron franc qui vient supplier humblement le duc de descendre vers le roi.

— Réponds-lui que l'enfant ne sortira pas de nos
mains sans le consentement du conseil de Normandie, répliqua le sire de Centeville,

— Il dit, cria de nouveau Osmond au bout de quelques minutes, que vous pourrez escorter le duc vous-même, avec autant d'hommes que vous le voudrez. Il déclare, sur la foi d'un loyal baron, que le roi ne nourrit aucune mauvaise intention à son égard. Il ne veut que le montrer aux Rouennais qui le demandent et qui menacent d'abattre la tour s'ils ne le voient pas à l'instant. Dois-je lui dire de nous envoyer un otage ?

— Dis-lui, répondit Eric, que le duc ne quittera pas cette chambre si on ne remet entre nos mains un gage qui nous réponde de sa sûreté. Il y avait hier à côté du roi au souper un vieux comte très-bavard ; qu'on nous l'envoie, et peut-être consentirai-je à descendre avec le duc.

La réponse du sire de Centeville fut portée au roi. Pendant ce temps, le tumulte augmentait au dehors. Tout à coup on entendit le son d'un cor, et un millier de voix poussèrent le cri de guerre des Normands : « Dieu aide ! » suivi de celui de : « Notre-Dame de Harcourt ! »

— Hourrah ! hourrah ! s'écria Eric en respirant à pleine poitrine, comme un homme déchargé d'un poids écrasant, Albéric a bien couru. Bernard est arrivé enfin ! Maintenant que nous l'avons, je ne crains plus rien.

— Voici le comte, dit Osmond en ouvrant la porte et en laissant entrer un homme court et replet, qui était tout hors d'haleine d'avoir monté l'étroit escalier, et qui paraissait fort peu enchanté de sa position actuelle. En le voyant arriver si vite, le baron de Centeville en tira un bon augure, pensant que c'était une preuve de l'embarras où se trouvait Louis. Sans laisser au comte le temps de parler, il le fit asseoir sur un coffre, commanda à deux soldats de se tenir à ses côtés, et dit à dame Astrida :

— Maintenant, ma mère, si le moindre mal arrive à l'enfant, vous savez ce que vous avez à faire. Venez, seigneur Richard.

Richard s'avança, tenant la main d'Éric ; Osmond les suivait de près avec tous les soldats qui n'étaient pas indispensables pour garder dame Astrida et l'otage. Ils descendirent les escaliers ; le petit duc n'était point fâché de paraître devant le roi, car il lui tardait de sortir de la chambre de la tour d'où il ne pouvait rien voir ; et depuis qu'il avait entendu les cris de ses bons Normands, sa peur avait passé.

On le conduisit dans la grande salle du conseil. Le roi s'y promenait de long en large ; il était inquiet, et plus pâle qu'à l'ordinaire ; car il entendait sur la place le sourd mugissement de la foule, et de temps en temps quelques pierres venaient frapper contre les côtés des profondes fenêtres.

Au moment où Richard arrivait par une porte, le comte Bernard de Harcourt entrait par l'autre, et le tumulte s'apaisa peu à peu.

— Que veut dire ceci, mes seigneurs? s'écria le roi. Je viens tout ouvertement au milieu de vous, en souvenir de mon ancienne amitié pour le duc Guillaume, afin de prendre soin de son fils orphelin, et de tenir conseil avec vous pour venger sa mort, et c'est là le genre d'accueil que vous me faites ! Vous enlevez l'enfant et vous excitez contre moi toute la canaille de Rouen. Est-ce ainsi que vous recevez votre roi ?

— Sire, répondit Bernard, je ne sais pas quelles sont vos véritables intentions. Tout ce que je sais, c'est que les bourgeois de Rouen sont grandement irrités contre vous, tellement qu'ils étaient prêts à me mettre en pièces pour avoir été absent dans cette circonstance. Ils disent que vous retenez l'enfant prisonnier, et qu'ils vous forceront à le leur rendre, dussent-ils tout mettre en ruines.

— Vous êtes un loyal, un vaillant chevalier, comte de Harcourt, vous croyez à mes bonnes intentions, dit Louis tout tremblant; car les Nor-

mands étaient extrêmement redoutés. Vous ne voulez pas que votre ville et votre peuple se couvrent
de la honte d'une rébellion. Conseillez-moi ! Je ferai
ce que vous me direz. Comment pourrais-je les
apaiser ?

— Prenez l'enfant, menez-le à la fenêtre, jurez
que vous ne lui voulez pas de mal, que vous ne
voulez pas nous l'enlever, dit Bernard. Jurez-le sur
votre parole de roi !

— Sur ma foi de roi et de chrétien ! dit Louis.
Ici, mon enfant. Pourquoi reculez-vous ? Quelles
raisons avez-vous de me craindre ? On vous a fait
sur moi de méchants contes. Venez donc !

Sur un signe du comte de Harcourt, le baron de
Centeville mena Richard vers le roi et mit sa main
dans celle de Louis. Le roi conduisit Richard à la
fenêtre, le plaça sur le mur en l'entourant de ses
bras. A ce spectacle, le peuple cria de nouveau :
« Vive Richard ! Vive notre petit duc ! » Pendant ce
temps, les deux Centeville regardaient avec anxiété
le vieil Harcourt, qui secoua la tête et dit à voix
basse en langue norse :

— Je ferai tout ce que je pourrai, mais nos gens
sont peu nombreux, et le roi a l'avantage. Nous
ne devons pas attirer une guerre sur nous dans ce
moment.

— Ecoutez ! Le roi va parler, dit Osmond.

— Nobles chevaliers et très-dignes bourgeois, dit
Louis, profitant d'un moment où les cris s'apai-
saient un peu, je me réjouis de l'amour que vous
portez à votre jeune prince. Je voudrais que tous
mes sujets fussent aussi loyaux. Mais pourquoi me
craignez-vous comme si j'étais venu lui faire du
mal, moi qui suis venu ici pour m'entendre avec
vous afin de venger la mort de son père, qui m'a
ramené d'Angleterre où j'étais exilé et sans amis !
Ne savez-vous pas combien est étroit le lien de reconnaissance qui m'unit au duc Guillaume ? C'est
lui qui m'a fait roi. C'est lui qui m'a gagné l'affection du roi de Germanie. Il a été le parrain de
mon fils. Je lui dois mes trésors et mon royaume,
et tout mon désir est d'en témoigner ma gratitude à
son fils, puisque, hélas ! je ne peux plus la lui témoigner à lui-même ! Le duc Guillaume a été traîtreusement assassiné ; c'est à moi de faire expier sa
mort à ses meurtriers, et de protéger son fils comme
mon propre enfant.

En disant cela, Louis embrassa avec effusion le
petit duc, et le cri : « Vive le roi ! » retentit alors,
mêlé à celui de : « Vive Richard ! »

— Vous ne laisserez pas aller l'enfant ? dit Eric
à voix basse en s'adressant à Bernard.

— Non, pas sans prendre des précautions pour sa sûreté ; mais nous ne sommes pas prêts pour la guerre dans ce moment, et le plus sûr moyen de l'éviter est de permettre au roi d'emmener Richard.

Eric secoua la tête en grommelant ; mais le jugement du comte de Harcourt avait tant de poids pour lui qu'il ne songea pas à le contredire.

— Apportez-moi ici, dit le roi, tout ce que vous avez de plus sacré, et je jurerai solennellement l'amitié la plus fidèle à votre duc.

Il y eut un court délai pendant lequel les nobles normands tinrent conseil entre eux ; Richard les regardait avec anxiété, se demandant ce qui allait lui arriver, et désirant beaucoup voir revenir Albéric.

Dans ce moment arriva une procession des prêtres de la cathédrale, portant le livre des Evangiles, sur lequel Richard avait prêté serment le jour du sacre, avec les reliques de l'église, conservées dans des châsses d'or. Après eux venaient quelques chevaliers et quelques nobles normands, plusieurs bourgeois de Rouen, et, au grand bonheur de Richard, Albéric de Montémar lui-même. Les deux petits garçons échangèrent un regard joyeux sans oser parler, pendant qu'on préparait la cérémonie du serment du roi.

La table de pierre qui était au milieu de la salle fut disposée de manière à ressembler en quelque sorte à l'autel de la cathédrale. Puis le comte Bernard, debout devant cette table et tenant la main du roi, lui demanda s'il jurait d'être l'ami, le défenseur et le bon seigneur de Richard, duc de Normandie, de le protéger contre tous ses ennemis, et de chercher son bien en toutes choses. Louis, la main sur les Évangiles, jura que c'était là sa résolution.

— Amen, dit Bernard le Danois, d'un ton solennel ; et que le Seigneur te traite toi et ta maison, selon la manière dont tu garderas ton serment envers cet enfant orphelin.

Alors suivit la cérémonie qui avait été interrompue le soir précédent. Richard dut prêter au roi le serment de fidélité, et le roi le reconnut solennellement comme son vassal, gouvernant sous lui les duchés de Normandie et de Bretagne.

— Et, dit le roi en le soulevant dans ses bras et en l'embrassant, je n'ai pas dans tout mon royaume de vassal plus aimé que ce bel enfant, fils de mon ami, de mon bienfaiteur ; il m'est aussi cher que mes propres fils, comme je le prouverai bientôt.

Richard n'aimait pas beaucoup toutes ces embrassades, mais il était sûr que le roi ne lui voulait en réalité aucun mal, et il s'étonnait de la méfiance que les Centeville avaient témoignée.

— Maintenant, braves Normands, dit le roi, préparez-vous à aller bientôt attaquer le traître Flamand. La cause de mon protégé est ma propre cause. Bientôt la trompette retentira, le ban et l'arrière-ban du royaume viendront sous les armes, et Arnulf, au milieu de ses villes embrasées et du sang de ses vassaux, maudira le jour où son pied a foulé le sol de l'île de Pecquigny. Combien de Normands pouvez-vous m'amener à l'armée, sire comte?

— Je ne puis pas le dire exactement; quelques centaines de lances, répondit prudemment le vieux Danois : cela dépend du nombre d'hommes qui peuvent être engagés dans la guerre contre les Sarrasins d'Italie. Mais soyez sûr d'une chose, sire, c'est que tout homme en Normandie ou en Bretagne qui peut manier une épée ou tendre un arc accourra pour défendre la cause de notre petit duc; et la mémoire de son bienheureux père est si vénérée dans notre patrie du Nord, qu'il suffit d'un message envoyé au roi Harold à la Dent-Bleue pour amener dans la Seine une flotte de bateaux à la longue quille, avec de braves Danois assez nombreux pour ravager non pas seulement la Flandre, mais la France entière.

Nous autres hommes du Nord, sire, nous n'oublions pas aisément les vieilles amitiés et les services rendus.

— Oui, oui ; je connais depuis longtemps la foi normande, répondit Louis d'un air assez embarrassé ; mais nous n'avons pas besoin d'alliés aussi sauvages que ceux dont vous nous parlez. Le comte de Paris et Hubert de Senlis sont des hommes sur lesquels on peut compter, j'espère ?

— La Normandie n'a pas d'ami plus brave et plus sage que le vieil Hugues le Blanc, dit Bernard, et quant à Senlis, il est l'oncle de Richard, et nous est ainsi doublement attaché.

— Je suis heureux de voir votre confiance, dit Louis, vous entendrez bientôt parler de moi. Il me faut maintenant partir pour rassembler mes forces et sommer mes grands vassaux, et j'emmènerai, avec votre permission, mon jeune ami. Sa présence fera davantage pour sa cause que les plus belles paroles du monde. En outre, il sera élevé avec mes deux garçons, ce qui les unira pour la vie ; on en fera un bon et galant chevalier, et il oubliera presque qu'il est orphelin, tant il sera comblé de nos soins.

— Permettez d'abord que l'enfant vienne auprès de moi, sire, répondit brusquement Harcourt ; il faut que je m'entretienne un moment avec lui avant de vous répondre.

— Allez donc, Richard, dit Louis, allez vers votre fidèle vassal. Vous êtes heureux de posséder un tel ami, j'espère que vous savez l'apprécier.

— Eh bien, mon jeune seigneur, dit le comte dans sa langue native quand Richard fut tout près de lui, que dites-vous de cette proposition?

— Le roi est très-bon, dit Richard, je suis sûr qu'il est bon; mais je ne voudrais pas quitter Rouen et dame Astrida.

— Écoutez-moi bien, sire duc, dit le Danois en se penchant vers lui et en parlant à voix basse. Le roi est décidé à vous emmener avec lui. Il a sous ses ordres les meilleurs de ses gens, et nous est tellement arrivé à l'improviste que je ne pourrais vous arracher de ses mains sans un terrible combat où vous pourriez être blessé, et où ce château et cette ville seraient peut-être brûlés ou pris. Quelques semaines ou quelques mois encore, et nous aurons le temps de rassembler nos forces, de sorte que la Normandie ne craindra plus personne; jusque-là il vous faut rester avec lui.

— Moi seul avec lui?

— Non, non pas seul, mais avec le meilleur protecteur que l'on pourra vous trouver. Qu'en penses-tu, Eric? dit-il en plaçant sa large main sur l'épaule du vieux baron. Cependant, je ne sais pas; il est vrai qu'on peut s'appuyer sur toi comme sur le roc de tes montagnes, mais je me demande si tu as assez de cervelle pour pénétrer toutes les ruses de ces Français, tout clairvoyant que tu te sois montré hier au soir.

— C'est Osmond qui a été clairvoyant, ce n'est pas moi, répondit Eric. Il connaît leur langue, lui, il serait l'homme qu'il faudrait pour accompagner le pauvre enfant, s'il doit absolument partir.

— Penses-y bien, Eric, dit le comte avec sérieux. Osmond est le seul espoir de ta vieille maison. S'il se machine quelque trahison, c'est lui qui en souffrira le premier.

— Puisque vous croyez qu'il est inévitable d'exposer à un si grand danger l'enfant qui est le seul espoir de toute la Normandie, je ne suis pas homme à retenir mon fils quand il peut lui être de quelque secours, dit avec tristesse le vieil Eric. Le pauvre petit sera tout seul et sans protection, làbas; il faut au moins qu'il ait un fidèle compagnon avec lui.

— C'est bien, dit Bernard. Tout jeune qu'est Osmond, je préfère lui confier l'enfant plutôt qu'à tout autre, car il a l'esprit éveillé et actif.

— Dans quelle position nous voilà placés! murmura le vieux Centeville; nous qui avons la garde du jeune garçon, il nous faut le laisser aller là où vous craignez d'envoyer mon fils.

Bernard ne répondit rien ; mais s'avançant vers le roi, il lui demanda de promettre encore avec serment que Richard serait aussi libre à sa cour qu'à Rouen, et que sous aucun prétexte il ne serait enlevé à la garde immédiate de son écuyer, Osmond Fritz Eric, héritier de Centeville.

Après cela, le roi annonça qu'il voulait partir, et les préparatifs commencèrent. Bernard tira Osmond à part pour lui donner des instructions complètes sur sa conduite, et sur les moyens de communication qu'il pourrait avoir avec la Normandie ; Richard prit congé de dame Astrida, qui venait de descendre de la tour amenant l'otage avec elle. Elle se mit à pleurer beaucoup en priant Dieu de ramener bientôt son petit duc sain et sauf en Normandie, alors même qu'elle ne devrait pas vivre jusque-là. Elle l'exhorta à ne pas oublier les bonnes et saintes leçons qu'il avait reçues, à maîtriser ses passions, et surtout à dire fidèlement ses prières, sans en oublier une et en suivant l'ordre des grains de son rosaire. Quant à son petit-fils, il semblait que l'inquiétude qu'elle éprouvait pour lui cédât complétement la place à

ses craintes pour Richard, car les paroles qu'elle lui
adressa lorsqu'il vint lui dire adieu se rapportaient
toutes aux soins qu'il devait prendre de l'enfant.
Il devait, disait-elle, se rappeler que l'honneur
qu'on lui faisait rendrait son nom à jamais célèbre
s'il s'acquittait fidèlement de sa tâche, la plus
grande que l'on eût encore confiée à un Normand.

— Je ferai mon devoir jusqu'au bout, dit Osmond ; je puis mourir pour lui, mais je ne lui serai
jamais infidèle.

— Albéric, dit Richard, es-tu content de retourner à Montémar ?

— Oui, Monseigneur, répondit Albéric, aussi
content que vous le serez quand vous reviendrez à
Rouen.

— Oh! dès que je serai de retour, je te ferai chercher, Albéric, car je n'aimerai jamais les princes
Carloman et Lothaire la moitié autant que toi.

— Le roi attend le duc, dit en ce moment un
Français.

— Adieu donc, dame Astrida. Ne pleurez pas!
Je reviendrai bientôt. Adieu, Albéric. Emporte à
Montémar mon faucon favori, et garde-le en souvenir de moi. Adieu, sire Éric ; adieu, comte Bernard! Quand les Normands iront punir Arnulf,

vous marcherez à leur tête. O chère, chère dame Astrida, adieu, adieu !

— Adieu, mon cher enfant. Que Dieu vous bénisse et vous ramène bientôt à nous. Adieu, Osmond, que le ciel te garde et te donne d'être le fidèle défenseur de notre petit duc.

CHAPITRE VI.

Sous la grande entrée de la tour de Rollo se pressait une foule de vieux serviteurs, dont les yeux mouillés de larmes suivirent leur jeune maître jusqu'à ce qu'il eut disparu. Dans les rues étroites de Rouen, mille acclamations retentirent sur son passage : « Vive le duc Richard ! Vive le roi Louis ! criait-on. Mort au Flamand ! » Puis les vieilles tours, la ville de ses pères, disparurent à ses regards. En s'éloignant d'elles, il se retourna souvent pour regarder encore la Seine aux ondes bleues, qui serpentait au loin. Tous ces lieux où s'était passée son enfance s'effacèrent à l'horizon, et, la tête baissée, le petit duc de Normandie chevauchait pensif à côté du roi de France.

Le roi s'occupait beaucoup de lui, ne le quittait pas un moment, lui parlait, admirait les beaux troupeaux qui paissaient en sûreté dans les verts pâtu-

rages, et en regardant les grasses prairies, les bois
où s'élevaient çà et là les tours des châteaux, les
couvents qui ressemblaient à de grandes fermes, les
nombreux villages groupés autour des églises rus-
tiques, et les populations qui se pressaient sur leur
passage en s'écriant : « Vive le roi ! Dieu bénisse le
petit duc ! » il répéta plusieurs fois à Richard que
la Normandie était le plus beau duché de France
et d'Allemagne.

Quand ils traversèrent l'Epte, le roi voulut avoir
Richard dans le même bateau que lui ; assis près
de Louis, et causant avec entrain de faucons et
de chiens de chasse, le petit duc passa la frontière
de son pays. La contrée qu'ils traversèrent alors ne
ressemblait plus à la Normandie. D'abord ils rencontrèrent une grande forêt qui n'était traversée
par aucun chemin frayé. Le roi commanda que l'un
des hommes qui avait conduit le bateau leur servît
de guide ; deux hommes d'armes le placèrent entre
eux et le forcèrent à les conduire, tandis que d'autres avec leurs épées et leurs haches coupaient les
branches et les épines qui obstruaient le chemin.
Pendant ce temps, tous faisaient bonne garde à
cause des brigands, et tenaient leurs armes prêtes.
Au sortir de la forêt, on vit un petit château à
quelque distance, et bien qu'il ne fût pas encore

très-tard, on résolut de s'y arrêter pour la nuit,
parce que la route qu'il fallait suivre au delà passait par un grand marais qu'il aurait été impru-
dent de traverser au crépuscule.

Le baron du château reçut le roi avec les plus
grands égards, mais ne s'occupa pas beaucoup du
duc de Normandie, et Richard vit qu'à table on ne
lui avait pas réservé la seconde place. Il devint
très-rouge, regarda d'abord le roi, puis Osmond ;
mais ce dernier lui fit signe du doigt : Richard se
rappela alors comment il s'était déjà mis en colère
auparavant et résolut de se montrer plus patient.
En ce moment même entra la fille du baron, jolie
enfant de quinze à seize ans, qui se mit à lui parler
et l'amusa si bien qu'il ne pensa plus à l'affront
qu'on lui avait fait.

Quand ils repartirent le lendemain, le baron et
quelques-uns de ses gens les accompagnèrent pour
leur montrer le seul chemin praticable à travers le
marais. Encore était-ce un chemin fangeux et fort
peu sûr, où les pieds des chevaux formaient des fla-
ques d'eau partout où ils se posaient. Le roi et le
baron chevauchaient ensemble, et les autres nobles
français les suivaient de près. Richard fut laissé à
l'arrière-garde, et bien que les Français ne le per-
dissent jamais de vue, aucun d'eux ne lui offrit de

l'aider; mais Osmond, après avoir donné son propre cheval à Sibald, l'un des deux valets normands qui les avaient accompagnés, mena par la bride le cheval de Richard pendant tout le temps qu'ils traversèrent le marais; ce n'était rien moins que facile, car Osmond portait sa lourde cuirasse, et ses énormes bottes enfonçaient profondément dans la boue à chaque pas. Il ne parlait guère, mais faisait grande attention à tous les troncs de saule et à toutes les grosses pierres qui servaient à marquer le sentier.

De l'autre côté du marais s'étendait une vaste plaine inculte et déserte, toute couverte de bruyères. Là, le baron prit congé du roi, en lui laissant trois de ses hommes pour lui montrer le chemin d'un couvent, où ils devaient faire une halte. Un seul aurait suffi, mais il fallait prendre ses précautions contre les gens d'un certain baron maraudeur du voisinage, qui était l'ennemi déclaré du châtelain. Richard trouva que le Vexin était un bien triste pays en comparaison de la Normandie, et qu'il aurait fallu raconter à ses habitants l'histoire des bracelets d'or, qui, ainsi que le lui avait dit dame Astrida, étaient restés suspendus une année entière dans une forêt, du temps de son grand-père, sans que personne eût osé y toucher. Le paysage ne changea guère pendant le reste du voyage : c'é-

6.

taient toujours des terres incultes, des marais et des bois. On apercevait sur les collines de nombreux châteaux dominant tout le pays d'alentour, et près desquels se groupaient les villages. A la première vue d'une bande armée les habitants s'enfuyaient en toute hâte, emmenant avec eux leur bétail, et il ne restait plus sur la route que de misérables créatures au corps amaigri et miné par la fièvre, le cou souvent enfermé dans des colliers de fer. Partout où les champs étaient mieux cultivés, où l'on apercevait de la vigne sur les coteaux, de beau bétail et des paysans bien vêtus, on était sûr aussi de voir apparaître, au bout de quelques minutes, une longue rangée de bâtiments de pierre surmontés de croix, dominés par une église à la tour carrée et entourés de belles plantations d'arbres fruitiers ou de grands jardins potagers. Si, au lieu de demander à un châtelain deux ou trois hommes d'armes ou de faire marcher devant lui quelques serfs tremblants qu'il menaçait de mort en cas de trahison, le roi frappait à la porte d'un couvent pour obtenir un guide, un frère lai se présentait aussitôt, prenait son bâton, ou montait sur un âne, et partait sans s'inquiéter du retour, certain que sa pauvreté et son caractère sacré le protégeraient contre les pillards les plus redoutables.

Ils atteignirent enfin le château royal de Laon, où l'étendard aux fleurs de lis, qui flottait au-dessus des créneaux, annonçait la présence de la reine Gerberge et de ses deux fils. Le roi entra le premier dans la cour avec ses nobles, et avant que Richard eût eu le temps de franchir la porte voûtée, Louis était descendu de cheval et était entré dans le château. Osmond tint l'étrier du duc et l'accompagna au haut des escaliers jusque dans la grande salle. Elle était pleine de monde; comme personne ne leur faisait place, Richard, qui tenait la main d'Osmond, le regarda d'un air surpris et inquiet.

— Sire sénéchal, dit Osmond en apercevant un homme déjà vieux et d'une tournure imposante, qui portait une chaîne d'or, voici le duc de Normandie. Je vous prie de le conduire en la présence du roi.

Le sénéchal s'inclina jusqu'à terre, et criant d'une voix retentissante : « Place, place, pour le très-haut et puissant prince, Monseigneur le duc de Normandie ! » il conduisit Richard jusqu'au dais sous lequel le roi et la reine étaient assis et conversaient ensemble. La reine leva la tête en entendant annoncer Richard, et son visage au teint jaune, à l'expression maligne et dure à la fois, inspira une telle répugnance au petit duc, qu'il recula instinctivement; Osmond lui mit alors la main sur l'épaule, et lui rappela qu'il devait s'avancer, mettre un genou en terre et baiser la main de Gerberge.

— Le voici, dit le roi.

— Voilà une chose faite! dit la reine; mais pourquoi cette espèce de géant du Nord le suit-il comme un chien?

Louis répondit à voix basse, pendant qu'Osmond engageait son jeune maître à accomplir la cérémonie de rigueur.

— Je vous dis que je ne veux pas, répondait Richard. Elle a l'air méchant, et je ne l'aime pas.

Heureusement il parlait en normand; mais son visage indiquait suffisamment ce qu'il ressentait, et Gerberge n'en fut que moins avenante.

— C'est un vrai petit ours norwégien, dit le roi, sauvage et grossier comme tous ces Normands. Approchez-vous, et saluez la reine! ajouta-t-il d'un ton sévère. Oubliez-vous où vous êtes?

Richard s'inclina, grâce à Osmond, dont la main pressa fortement son épaule; mais il pensa au vieux Rollo et à Charles le Simple, et il résolut de ne jamais baiser la main de cette reine qui lui déplaisait si fort. C'était l'orgueil qui lui dictait cette dé-

cision, qui lui attira dans la suite beaucoup de
peines. Pour le moment on n'exigea pas davantage
de lui. La reine se remit à parler avec le roi, qui
l'entretint de ce qui lui était arrivé à Rouen, pendant que Richard, debout sur les marches du trône,
regardait autour de lui d'un air confus et fier à la
fois.

Un quart d'heure environ se passa de cette manière, puis les domestiques vinrent dresser les ta-
bles pour le souper. Richard s'étonnait pendant
tout ce temps de n'avoir pas vu les deux princes.
En effet, combien cela lui aurait paru étrange autrefois d'attendre si longtemps avant d'embrasser
son père au retour d'un de ses voyages? Enfin, dès
que le souper fut prêt, une porte latérale s'ouvrit;
le sénéchal cria : « Place aux très-hauts et puis-
sants princes, Monseigneur Lothaire et Monseigneur Carloman! » et l'on vit entrer deux petits
garçons dont l'un avait l'âge de Richard, et l'autre
une année de moins environ. Tous deux étaient
maigres, pâles, et leurs traits étirés portaient
l'empreinte d'une caducité précoce. Richard se redressa avec satisfaction en voyant combien sa taille
dépassait celle de Lothaire.

Ils s'avancèrent vers le roi et lui baisèrent la
main d'une façon passablement cérémonieuse, et

lui, après les avoir baisés au front, leur dit :

— Voici un nouveau camarade pour vous !

— Est-ce le petit Normand? demanda Carloman en examinant Richard de la tête aux pieds d'un air de curiosité, tandis que Richard le regardait à son tour avec surprise, ne comprenant pas qu'un enfant qui lui allait à peine à l'épaule osât l'appeler petit.

— Oui, dit la reine, votre père vous l'a amené...

Carloman s'avança vers Richard, et lui tendit timidement la main ; mais son frère le poussa rudement de côté.

— Je suis l'aîné, s'écria-t-il; c'est moi qui dois être le premier. Ainsi, jeune Normand, vous êtes venu ici pour que nous puissions jouer avec vous?

Richard fut trop confondu de ce ton dédaigneux pour pouvoir rien répondre. Il fixa sur Lothaire ses grands yeux bleus étonnés.

— Eh bien! vous ne répondez pas? Est-ce que vous ne comprenez pas? ou ne parlez-vous que votre langue de païen? continua Lothaire.

— Le normand n'est pas une langue de païen, dit Richard d'une voix forte. Nous sommes d'aussi bons chrétiens que vous, peut-être de meilleurs.

— Chut! chut! Monseigneur, dit Osmond.

— Eh bien, sire duc, dit le roi avec un accent

irrité, est-ce que vous commencez déjà les disputes?
Il était bien temps, certes, de vous sortir de votre
pays de sauvages. Messire l'écuyer, je vous conseille
de surveiller les manières de votre maître, ou je
l'enverrai tout de suite au lit sans souper.

— Monseigneur, Monseigneur, dit Osmond à
voix basse, ne voyez-vous pas que si vous agissez
ainsi, nous serons mal vus de tout le monde?

— Je serais bien poli, s'ils voulaient être polis
avec moi, répondit Richard, dont l'œil plein de feu
défiait Lothaire, qui, à son tour, lui lança un regard plein de haine, mais en se reculant pour saisir
la robe de sa mère.

— Décidément, dit celle-ci, ce jeune sauvage est
trop rude et trop fort, il fera du mal à nos pauvres
enfants!

— Ne craignez rien, dit Louis, on veillera sur
lui. Et il ajouta à voix basse : Pour le moment, du
moins, il nous faut sauver les apparences. Hubert
de Senlis et Hugues de Paris ont les yeux sur nous,
et si l'enfant venait à manquer, ce vieux loup de
Harcourt nous amènerait ici, en un clin d'œil, tous
les pirates de son pays. Nous le tenons; cela doit
nous suffire. Maintenant, à table.

A souper, Richard était assis près du petit Carloman. Celui-ci jetait de temps à autre sur le nou-

veau venu un regard timide, sans oser lui adresser
la parole; à la fin, profitant d'un moment où tout le
monde parlait, il lui demanda d'un ton très-sérieux :

— Aimez-vous le bœuf salé?

— Je l'aime mieux frais, répondit Richard tout
aussi gravement; mais nous le mangeons salé pendant tout l'hiver.

Il y eut un nouveau silence, puis Carloman lui
dit, avec le même air sérieux :

— Quel âge avez-vous?

— J'aurai neuf ans à la Saint-Boniface. Et vous?

— Moi, j'ai eu huit ans à la Saint-Martin, et Lothaire a eu neuf ans il y a trois jours.

Un moment après, comme Osmond servait Richard :

— Est-ce là votre écuyer? lui demanda Carloman.

— Oui, c'est Osmond de Centeville.

— Comme il est grand!

— Nous autres Normands nous sommes plus
grands que les Français.

— Ne dites pas cela à Lothaire, ou vous le fâ-
cherez.

— Pourquoi, puisque c'est vrai?

— Oui, mais, continua Carloman en baissant la
voix, il y a des choses qu'il ne faut jamais dire à
Lothaire. Ne le fâchez pas, ou il vous fera punir par

ma mère. Elle a fait fouetter Thierry de Lincort parce que sa balle avait frappé Lothaire au visage.

— Elle ne peut pas me faire fouetter, je suis duc, répondit Richard, mais peut-être celui dont vous parlez l'avait-il fait exprès ?

— Oh! non.

— Est-ce que Lothaire a eu le visage meurtri ?

— Chut! Il faut dire le prince Lothaire. Non, c'était une balle qui ne pouvait pas faire mal.

— Pourquoi donc a-t-on fouetté ce Thierry?

— Je vous dis que c'est parce qu'il avait atteint Lothaire avec sa balle.

— Mais pourquoi Lothaire ne s'est-il pas mis à rire en disant que ce n'était rien? Albéric m'a renversé l'autre jour avec une énorme boule de neige. et sire Eric a ri en me disant que je devais me tenir plus ferme.

— Est-ce que vous faites souvent des boules de neige ?

— Bien sûr. Et vous?

— Oh! non ; la neige est trop froide.

— Ah! c'est que vous n'êtes encore qu'un bien petit garçon, dit Richard d'un air protecteur.

Carloman lui demanda comment on jouait aux boules de neige, et Richard lui raconta que quinze jours auparavant, à Rouen. il avait fait avec ses ca-

marades un petit fort de neige, qu'Osmond et
d'autres jeunes gens le défendaient, et que lui, avec
Albéric et deux ou trois autres l'avaient attaqué.
Carloman écoutait avec le plus grand plaisir, et
déclara que dès qu'il tomberait de la neige, il faudrait bâtir une forteresse. Ils continuèrent à parler
ainsi, et avant la fin du souper ils étaient très-bons
amis.

L'heure de s'aller coucher vint bientôt après. La
chambre de Richard était plus petite que celle qu'il
avait à Rouen, et grande fut sa surprise en y entrant. Il resta tout interdit sur le seuil.

— C'est la même chose que dans une église,
dit-il.

— Oui, vraiment, dit Osmond. Et il n'est pas
surprenant que ces pauvres diables de Français ne
puissent pas tenir tête à un Normand, puisqu'ils ne
peuvent dormir sans des fenêtres vitrées. Qu'est-ce
que mon père dirait en voyant tout cela?

— Regarde, Osmond, ils ont mis des tapisseries
tout le long des murs, comme dans l'église de
Notre-Dame les jours de fêtes. Ils nous traitent
vraiment comme des saints, et le plancher qui est
couvert de nattes! Nous nous sommes trompés,
c'est la chapelle, ce n'est pas ma chambre.

— Non, non, Monseigneur, voici nos coffres que

j'ai ordonné à Sibald et à Henry de porter dans notre chambre. Eh bien, c'est tout de même amusant. Ma grand'mère ne voudra jamais nous croire quand nous lui conterons tout cela : des vitres et des tapisseries dans une chambre à coucher! Je n'aime pas cela ; je suis sûr que nous ne pourrons jamais dormir sans respirer le grand air ; je croirai toujours être dans la chapelle de notre château et entendre le père Lucas chanter matines. Et puis, mon père me blâmerait de vous laisser devenir aussi délicat qu'un Français. J'essayerai d'enlever ces vitres, si je puis.

Le jeune Normand se faisait une idée exagérée du luxe des Français. En effet, la cour ne possédait que fort peu de ces vitres; aussi les transportait-on de place en place, toutes les fois que Louis se rendait de Reims à Soissons, à Laon, ou dans une autre des résidences royales; elles étaient dans des châssis qu'Osmond n'eut pas beaucoup de peine à ôter pour laisser pénétrer dans la chambre l'air glacé de la nuit. Cela fait, il donna à son jeune maître une leçon de politesse :

— Il n'est pas surprenant, lui dit-il, que les Français vous regardent comme un vrai pirate venu tout droit de Norwége. Vous allez donner une belle idée de l'éducation que l'on reçoit à Centeville, si vous ne pouvez pas même vous acquitter d'un acte de courtoisie envers la reine, une dame ! Est-ce ainsi qu'Albéric s'est conduit lorsqu'il est venu à Rouen ?

— Dame Astrida ne lui a pas fait la grimace et ne l'a pas appelé jeune sauvage, répondit Richard.

— Non, mais aussi ne lui avait-il donné aucune raison de le faire ; il savait que le premier devoir d'un jeune chevalier est d'être poli envers les dames, belles ou jeunes, laides ou vieilles. Tant que vous n'aurez pas appris cela, Monseigneur Richard, vous ne serez pas digne de porter vos éperons d'or.

— Et le roi qui m'avait dit qu'elle me traiterait comme une mère ! s'écria Richard. Crois-tu que le roi ne mente jamais, Osmond ?

— C'est ce que nous verrons par ses actions.

— Il a été très-bon pour moi quand nous étions en Normandie. Je l'aimais beaucoup mieux que le comte de Harcourt, mais maintenant je crois que c'est le comte qui est le meilleur. Je te promets, Osmond, que je ne l'appellerai plus un vieux grognon.

— Vous ferez bien, Monseigneur, car vous n'avez pas de vassal plus dévoué que lui.

— Oh! que j'aimerais être en Normandie avec dame Astrida et Albéric! Je ne puis pas souffrir ce

Lothaire. Il est orgueilleux, lâche, et je suis sûr qu'il est cruel... Je ne l'aimerai jamais.

— Chut! Monseigneur, ne parlez pas si haut! Vous n'êtes pas dans votre château.

— Et Carloman est une poule mouillée, continua Richard, sans faire attention à la recommandation d'Osmond. Il dit que la neige fait mal aux mains; il ne sait pas patiner, et il a peur de ce grand chien qui est dans la cour.

— Carloman est si petit, dit Osmond.

— Je suis sûr que je n'étais pas poltron à son âge, n'est-ce pas, Osmond? Ne t'en souviens-tu pas?

— Allons, Monseigneur, je ne peux pas vous laisser causer davantage; dites vos prières, et demandez à Dieu qu'il nous ramène sains et saufs à Rouen, et qu'il vous donne de ne pas oublier tout ce que le père Lucas et le saint abbé Martin se sont efforcés de vous enseigner.

Richard s'agenouilla et se mit à défiler son chapelet de bois noir poli mêlé de grains d'ambre. Il dit une prière à chaque grain, et Osmond fit de même; après quoi le petit duc s'étendit dans une étroite couchette de bois de noyer richement sculpté. Osmond tira soigneusement les verrous, puis il examina la tapisserie pour s'assurer qu'elle ne cachait aucune porte secrète ; ensuite il rassembla quelques nattes sur lesquelles il s'étendit, enveloppé dans son manteau. Le duc s'endormit bientôt ; mais son écuyer resta longtemps éveillé, pensant aux dangers que courait son maître et cherchant dans sa tête les meilleurs moyens de l'en protéger.

CHAPITRE VII.

Osmond de Centeville se convainquit bientôt qu'aucun danger immédiat ne menaçait le jeune duc à la cour de Laon. Louis ne manifestait, pour le moment, aucune intention de trahir les serments qu'il avait faits aux Normands. Richard devint le compagnon de ses fils et fut traité avec tout le respect dû à son rang. Il avait sa place à la table du roi, et plusieurs domestiques furent préposés à son service; il prenait ses leçons avec les jeunes princes, jouait et montait à cheval avec eux; en un mot, il n'avait aucun sujet positif de plainte. Mais il ne pouvait s'empêcher de sentir avec tristesse que le roi et la reine, bien loin d'être pour lui de véritables parents, le traitaient avec une froideur et une indifférence toujours plus marquées. Gerberge surtout était avec lui d'une sécheresse et d'une sévérité glaciales. Si elle lui adressait la parole, c'é-

tait toujours pour le réprimander, à tort ou à raison ; il faut bien avouer aussi que la conduite de
Richard n'était pas toujours à l'abri de tout re-
proche d'orgueil ou de violence.

Le petit duc était dans les meilleurs termes avec
Carloman, enfant doux, timide et faible, pour lequel Richard éprouvait une sorte de pitié, non
plus une pitié dédaigneuse, mais une condescen-
dance pleine de générosité, qui lui était naturelle
envers ceux qui étaient plus jeunes et plus faibles
que lui. Carloman, souvent victime des brusqueries
de son frère Lothaire, s'attachait tous les jours davantage à Richard, dont la force et le courage
excitaient toute son admiration.

Les rapports du petit duc de Normandie avec
Lothaire étaient bien différents. C'était cependant
de lui que Richard avait attendu le plus d'affection, car il était le filleul de son père, ce qui, dans
ce temps-là, était presque une parenté. Lothaire
avait été élevé par une mère dont l'indulgence
passait toutes les bornes, et par des courtisans
qui, voyant en lui l'héritier de la couronne, l'entouraient des plus basses flatteries. Il avait toujours fait toutes ses volontés, aucune digue n'avait
été opposée à ses défauts, au contraire, on lui
avait appris à penser que la colère et la violence

étaient des passions qui convenaient à un roi. Sa
santé débile l'avait rendu capricieux et poltron.
Sans vouloir se l'avouer, il avait conscience de sa
lâcheté naturelle, et, voulant passer pour brave, il
suppléait au courage qui lui manquait par la plus
révoltante cruauté.

Son petit frère était donc la victime patiente de ses
taquineries, et ainsi en était-il de tous ceux qui
l'entouraient, car personne n'eût jamais osé élever
une plainte contre le fils aîné du roi. Mais c'étaient
surtout les animaux que Lothaire tourmentait sans
merci. Si son cheval se cabrait et le renversait, il le
faisait battre en sa présence jusqu'à ce que le sang
ruisselât sur le dos de la pauvre bête; si l'un de ses
chiens le mordait à la main en essayant d'atteindre
le morceau de viande avec lequel il l'agaçait, il
ordonnait qu'on le tuât impitoyablement. Un jour
que les enfants jouaient ensemble, un faucon mor-
dit Lothaire au doigt. Lothaire, dans un accès de
rage, fit rougir deux clous au feu pour les planter
dans les yeux du malheureux oiseau.

— Je ne veux pas qu'on fasse cela! s'écria Richard,
qui s'attendait à être obéi comme il l'était chez lui.
Mais Lothaire lui dit avec un rire moqueur :

— Croyez-vous donc être le maître ici, seigneur
pirate?

7.

— On ne le fera pas! répéta Richard. Vous devriez avoir honte de vouloir commettre une action si vile.

— Avoir honte! Savez-vous à qui vous parlez, petit sauvage? cria Lothaire, rouge de colère.

— Je sais qui est le sauvage de nous deux! dit Richard. Arrêtez! continua-t-il en s'adressant au valet qui apportait en ce moment les clous rouges au bout d'une paire de pincettes.

— Personne ici n'a le droit de commander, sinon mon père et moi! s'écria Lothaire. Faites ce que je vous ai dit, Karl! Où est l'oiseau? Gilles, tenez-le bien!

— Osmond! nous ne souffrirons pas que......

— Allons-nous-en, Monseigneur! dit Osmond, interrompant Richard. Nous n'avons aucun droit de nous mêler de cette affaire. Ainsi, éloignons-nous d'un tel spectacle.

— Comment! toi aussi, Osmond, tu laisserais accomplir une pareille barbarie sans essayer de l'empêcher!

Et Richard se précipita sur l'homme qui portait les clous rouges, pour les lui arracher. Les valets n'osèrent pas repousser de force le duc de Normandie; d'ailleurs l'assaut de Richard fut si imprévu que l'homme en laissa tomber ses pincettes. Lo-

thaire, effrayé et furieux en même temps, les saisit, et, sans bien savoir ce qu'il faisait, il en frappa
Richard en pleine figure. Heureusement que les
yeux ne furent pas atteints, et que le fer était un
peu refroidi ; néanmoins, il fit une brûlure assez
forte à la joue du petit duc, qui poussa un cri de
douleur, se jeta sur Lothaire, le secoua de toutes
ses forces et finit par l'étendre sur le pavé. Là finirent ses exploits, car une main vigoureuse le saisit,
et il se trouva dans les bras d'Osmond, qui le retint prisonnier, sans s'inquiéter de ses cris de colère et des coups de pied qu'il lançait à droite et à
gauche. Mais il se calma tout d'un coup en entendant un battement d'ailes, et en voyant le pauvre
faucon s'élever en tournoyant sur leurs têtes et disparaître bientôt à l'horizon. Le valet qui le tenait
l'avait lâché en voyant tomber Lothaire, et l'oiseau
s'envolait vers le nord pour aller retrouver peutêtre les rochers de l'Islande, son pays natal.

— Il est sauvé, il est sauvé! s'écria joyeusement
Richard, en cessant de se débattre. Oh ! que je suis
content! Ce vilain barbare ne le touchera plus.
Mets-moi donc à terre, Osmond, pourquoi me
tiens-tu ainsi ?

— J'ai voulu vous empêcher de commettre.....
Mais non, je ne peux pas l'appeler une folie; car,

au fond, je ne sais pas si j'aurais voulu vous voir
rester calme vis-à-vis d'une telle... Mais montrez-
moi votre joue!

— Ce n'est rien! cela m'est bien égal, maintenant que le faucon est sauvé, dit Richard. Mais
ses lèvres tremblaient, et il ne pouvait plus retenir les grosses larmes que cette cruelle brûlure lui
arrachait..... Cependant il aurait trouvé honteux
pour un Normand de se plaindre, et il essayait de
sourire à travers ses pleurs, pendant qu'Osmond
examinait sa joue.

— Ce n'est pas bien grave, dit ce dernier en se
parlant à lui-même, la plaie n'est pas très-pro-
fonde! Si du moins ma grand'mère était ici. Enfin,
ce sera bientôt cicatrisé! Bravo, Monseigneur,
vous supportez cela comme un vieux guerrier. Au
reste, il ne sera pas fâcheux que vous ayez une cicatrice à montrer au roi, afin qu'on ne puisse pas
vous accuser d'avoir tous les torts.

— Est-ce que la marque restera? demanda Richard. J'ai peur qu'on ne m'appelle Richard à la
joue brûlée, quand nous serons de retour en Normandie.

— Et quand cela serait? Il n'y a pas là de quoi
être honteux. Mais la marque disparaîtra.

— Oh! cela me fait tant de plaisir que ce beau

faucon se soit envolé! dit Richard d'une voix tremblante.

— Est-ce que vous souffrez beaucoup? Eh bien, venez, je laverai votre joue à l'eau froide; ou voulez-vous que je vous mène vers une des fen nes de la reine?

— Non, de l'eau froide, de l'eau froide! dit Richard; et ils allèrent à la fontaine du palais. Mais à peine Osmond avait-il lavé la joue malade, qu'un messager vint en toute hâte leur dire que le roi mandait à l'instant auprès de lui le duc de Normandie et son écuyer.

Lothaire était assis entre son père et sa mère, dans la salle du trône; il s'appuyait sur la reine qui l'entourait de son bras; son visage était rouge de pleurs, et des sanglots étouffés faisaient trembler tout son corps. On voyait qu'il sortait d'un violent accès de rage.

— Que signifie votre conduite? dit le roi, au moment où Richard entrait; qu'avez-vous fait, Monseigneur de Normandie? Savez-vous ce que vous avez mérité en frappant l'héritier de France? Je pourrais vous faire jeter aujourd'hui dans un donjon où vous ne reverriez plus la lumière du jour.

— Alors, Bernard de Harcourt viendrait me délivrer, répondit hardiment Richard.

— Voulez-vous ajouter l'impudence à votre méchanceté ? Demandez immédiatement pardon au prince Lothaire, ou vous aurez sujet de vous repentir.

— Je n'ai rien fait dont j'aie à demander pardon. Il aurait été cruel et lâche de ma part de laisser arracher les yeux à ce pauvre faucon, répliqua Richard d'une voix ferme, sans daigner parler de sa propre blessure, que le roi pouvait d'ailleurs facilement voir.

— Arracher les yeux du faucon ! répéta le roi. Dites la vérité, sire duc, n'ajoutez pas un mensonge à vos autres fautes.

— J'ai dit la vérité. Je dis toujours la vérité ! s'écria Richard. Celui qui soutient le contraire en a menti !

Ici Osmond s'empressa de demander la parole, et raconta tout ce qui s'était passé. Le faucon était un oiseau de prix, et la figure du roi se rembrunit quand il apprit quel avait été le dessein de Lothaire; celui-ci avait fait une histoire à sa façon, soutenant que Richard avait été l'agresseur en voulant absolument faire échapper l'oiseau. Osmond montra, en finissant, la joue de Richard, et la brûlure était tellement visible qu'il fallait bien reconnaître que le fer rouge avait joué un rôle dans cette affaire. Le roi demanda à l'un de ses valets si le récit d'Osmond était exact, et le Français, tout en hésitant, ne put que confirmer ce qu'avait dit le jeune sieur de Centeville. Alors Louis gronda sévèrement ses gens de ce qu'ils avaient obéi au prince; il fit venir le fauconnier, le punit pour ne pas avoir mieux soigné ses oiseaux, et sortit pour voir si l'on pouvait encore reprendre le faucon.

— On vous laisse aller pour cette fois, dit froidement Gerberge à Richard; mais dorénavant prenez garde à vous! Allons-nous-en, mon pauvre chéri! ajouta-t-elle en prenant Lothaire par la main.

Elle sortit, et les Français commencèrent aussitôt à murmurer contre leurs maîtres, se plaignant de ne pouvoir les satisfaire tous à la fois. « Si nous obéissons au roi, disaient-ils, il nous faudra refuser parfois de faire les volontés de Lothaire; alors nous sommes sûrs que le prince se vengera en excitant la reine contre nous, et cela sera finalement bien pire que d'encourir le déplaisir du roi. » Pendant ce temps, Osmond reconduisait Richard à la fontaine; Carloman les y rejoignit bientôt, il plaignit beaucoup Richard, s'étonna de ce qu'il n'avait pas pleuré, et dit qu'il était content de ce que le faucon s'était échappé.

La blessure fit encore souffrir quelque temps Richard ; elle laissa ensuite une cicatrice profonde qui
ne disparut qu'à la longue ; mais le petit duc n'y
pensa bientôt plus, et il dédaignait de garder ran-
cune à Lothaire pour un pareil motif.

Lothaire, de son côté, cessa dès lors de plaisanter
Richard sur son accent normand et de l'appeler roi
de mer ; il avait appris à connaître sa force et avait
peur de lui, mais il ne l'aimait pas davantage ; il
refusait de jouer avec lui, prenait une expression
de sombre jalousie quand le roi ou quelqu'un des
nobles daignait s'occuper du petit duc, et disait de
lui en son absence tout le mal possible.

De son côté, Richard se sentait toujours plus
d'aversion pour Lothaire, et méprisait ouvertement
sa lâcheté et ses manières de despote. Depuis qu'il
était duc, Richard avait lui-même certaines dispositions à dominer sur les autres, dispositions que
n'avaient pu faire disparaître ni les bons conseils de
dame Astrida, ni l'autorité du comte Bernard, mais
il aurait été profondément révolté à la simple pensée de traiter Albéric ou même le dernier de ses
vassaux, comme Lothaire traitait les malheureux
enfants qui lui servaient de compagnons de jeu. La
vue de la tyrannie de Lothaire contribua même à
le guérir de plus en plus de ses penchants domina-

teurs : et bien des fois, pendant son séjour à Laon,
il prit les meilleures résolutions sur la manière dont
il gouvernerait son peuple, lorsqu'il serait de retour en Normandie. Souvent il prenait le parti des
pauvres victimes de Lothaire, et son intercession ne
restait pas toujours inutile, car le prince craignait
trop de renouveler une scène comme celle du faucon. Il cédait donc sur le moment, certain qu'il
était de retrouver plus tard l'occasion d'assouvir sa
cruauté.

Carloman, que Richard avait souvent protégé
contre son frère, s'attachait chaque jour davantage
au petit duc. Il le suivait partout, essayait d'imiter
tout ce qu'il faisait, et il aimait aussi beaucoup Osmond. Tout son bonheur était de s'asseoir à côté de
Richard, dans l'embrasure de la fenêtre, le soir après
le souper, et de l'écouter lui redisant quelque conte
favori de dame Astrida, ou l'histoire, qui ne taris-
sait jamais, de ses jeux à Centeville et dans la tour de
Rollo. Souvent aussi les deux enfants s'entretenaient
des grands exploits qu'ils accompliraient lorsqu'ils
seraient devenus grands et que Richard gouvernerait la Normandie. « Peut-être, pensaient-ils, irons-
nous en terre sainte, et alors nous tuerons sur
notre route un nombre énorme de géants et de
dragons. » Cependant le pauvre Carloman ne pro-

mettait guère d'être jamais un grand héros, car il
ne grandissait pas et il était souvent malade ; le
moindre jeu le fatiguait très-vite. Richard, qui ne
comprenait pas d'abord qu'on pût être si faible, le
traitait dans le commencement avec tant de rudesse
que le pauvre enfant en pleurait souvent ; mais peu
à peu le petit duc fit de tels progrès en douceur et
en patience, qu'Osmond en était tout surpris, ne
reconnaissant plus là son jeune maître.

Mais l'amitié de Carloman et d'Osmond ne pouvait suffire à Richard ; chaque soir il pensait à ses
chers amis de Rouen et à son peuple bien-aimé ;
chaque soir il demandait à Osmond quand ils re-
tourneraient en Normandie, et Osmond ne pouvait
que lui dire de prier Dieu qu'il les ramenât sains et
saufs dans leur pays.

Osmond cependant veillait avec la plus grande
sollicitude à la sûreté de son jeune maître. Pour le
moment, il est vrai, aucun danger ne paraissait le
menacer. Le seul point au sujet duquel Louis ne
semblait pas disposé à tenir ses promesses, c'était
l'expédition contre le comte de Flandre, pour laquelle on ne faisait aucun préparatif.

A Pâques, le roi reçut la visite de Hugues le
Blanc, comte de Paris, l'homme le plus puissant de
toute la France, et que sa loyauté seule empêchait

d'enlever la couronne à la race faible et dégénérée de Charlemagne. Il avait été l'ami dévoué de Guillaume à la longue épée, et Osmond observa que dès son arrivée le roi eut soin de mettre Richard en avant, en le comblant de caresses comme il l'avait fait à Rouen.

Le comte témoigna au petit duc une véritable affection; il aimait à l'avoir auprès de lui, passait sa main dans ses longs cheveux blonds, et le regardait d'un air grave et triste, comme s'il cherchait à retrouver en lui les traits de son père. Il demanda d'où venait la cicatrice que Richard avait à la joue, et le roi se hâta de répondre que c'était un coup reçu dans une querelle d'enfants. On voyait du reste clairement que Louis était mal à l'aise, et qu'il ne perdait pas de vue le comte de Paris, lui ôtant toute occasion de conférer en particulier avec les autres grands vassaux rassemblés à sa cour. Hugues n'avait pas l'air de soupçonner qu'on le surveillât, mais en même temps il cherchait une occasion de réaliser le projet qui l'avait amené à Laon.

Un soir, après souper, il s'approcha de la fenêtre où Richard et Carloman causaient ensemble; il s'assit à côté d'eux, et, prenant Richard sur son genou, il lui demanda s'il avait quelque chose à faire dire au comte de Harcourt.

La figure de Richard s'illumina.

— O sire comte, s'écria-t-il, allez-vous en Normandie ?

— Pas encore, mon enfant, mais il se peut que je donne rendez-vous au vieil Harcourt à l'orme de Gisors.

— Oh ! si je pouvais aller avec vous !

— J'aimerais pouvoir vous emmener, mais il ne serait pas très-loyal de ma part d'enlever ainsi l'héritier de Normandie. Que dirai-je donc à Bernard ?

— Dites-lui, répondit Richard à voix basse, en approchant ses lèvres de l'oreille du comte, dites-lui que je suis très-fâché d'avoir été méchant quand il me grondait. Je sais qu'il avait raison. Et s'il amène avec lui un certain veneur qui a le nez crochu et qui s'appelle Gauthier, dites-lui que je suis aussi très-fâché d'avoir été si rude avec lui, et priez-le de faire mes amitiés à dame Astrida, au baron de Centeville et à Albéric.

— Lui dirai-je l'histoire qui vous est arrivée ?

— Non, dit Richard, on me croirait bien petit enfant de parler de pareilles choses.

Le comte lui demanda comment il s'était blessé, et Richard lui raconta l'affaire, car il sentait qu'il pouvait tout dire au comte, et il lui semblait presque se retrouver à la dernière soirée où il était assis sur les genoux de son père. Quand il eut fini son récit, le comte de Paris lui dit :

— Eh bien, mon petit duc, je suis aussi content que vous que le faucon se soit échappé ; ce sera là une jolie histoire à raconter à mon petit Hugues et à ma chère petite Eumacette (1) ; il faut qu'ils fassent connaissance avec vous, car vous serez, j'espère, aussi bons amis un jour que nous l'étions, votre père et moi. Maintenant, voulez-vous dire à votre écuyer de venir dans mon appartement ce soir lorsque tout le monde sera couché ?

Richard le lui promit, et en conséquence, ce soir-là Sibald vint veiller à la porte du petit duc pendant qu'Osmond s'entretenait avec le comte. La conférence dura longtemps, car Hugues était venu à Laon tout exprès pour savoir comment s'y trouvait le fils de son ancien ami. Ils reconnurent tous deux qu'aucun danger immédiat ne menaçait Richard, et que Louis ne le gardait probablement que comme un otage pour s'assurer de la tranquillité de la Normandie ; cependant Hugues recommanda à Osmond de veiller sur l'enfant avec le plus grand soin, et de l'avertir lui-même au premier signe de danger.

(1) Voyez la note 13.

Le lendemain, le comte de Paris quitta Laon ; et
tout alla comme auparavant jusqu'à la fête de la
Pentecôte, que l'on célébrait avec beaucoup de
splendeur à la cour de France. Les vassaux de la
couronne venaient alors généralement rendre leurs
devoirs au roi et l'accompagner à l'église. Il y avait
un banquet solennel auquel le roi et la reine assis-
taient avec leurs couronnes sur la tête, et où chacun se revêtait de ses plus riches vêtements.

La procession était de retour de l'église. Richard
avait marché à côté de Carloman ; celui-ci portait
une tunique de velours bleu semé de fleurs de lis,
et Richard un vêtement écarlate, avec la croix d'or
sur la poitrine. On était dans la grande salle du
château, et le sénéchal appelait d'une voix retentissante chaque convive à prendre sa place au banquet, quand on entendit dans la cour le bruit d'une
cavalcade qui annonçait de nouveaux venus ; le
sénéchal sortit pour aller à leur rencontre, et rentra
bientôt en annonçant d'une voix sonore le noble
prince Arnulf, comte de Flandre.

Richard pâlit ; puis il se leva, sortit immédiatement de la salle et monta dans sa chambre, suivi
d'Osmond. Au bout de deux ou trois minutes, on
frappa à la porte, et un chevalier français se présenta

— Le duc ne vient-il pas au banquet ? demanda-t-il ?

— Non, répondit Osmond, le duc de Normandie ne mange pas avec le meurtrier de son père.

— Le roi verra cela de mauvais œil. Pour l'amour de l'enfant, vous devriez y prendre garde, dit le Français avec hésitation.

— C'est à lui de prendre garde, s'écria Osmond tout indigné, lui qui reçoit le meurtrier de Guillaume à la longue épée en présence d'un Normand ! Si ce n'était cet enfant, je défierais sur l'heure le traître en combat singulier.

— A votre place, j'en ferais de même, répondit le chevalier, mais je vous conseille pourtant d'agir avec prudence. Adieu.

Richard tremblait d'indignation. Que n'aurait-il pas donné pour être un homme ! Il s'abandonnait à ses réflexions, quand survint un valet de la suite de Lothaire qui annonça que le duc devrait prendre son parti de jeûner, puisqu'il ne voulait pas assister au banquet.

— Dites à votre prince, répondit Richard, que je sais me passer de nourriture. J'aimerais mieux mourir de faim que de manger avec Arnulf.

Tout le reste du jour Richard demeura dans sa chambre, résolu à ne pas courir le risque de ren-

contrer Arnulf. Osmond resta avec lui, et ils s'oc-
cupèrent à polir sa cuirasse et ses armes en répétant quelques-unes de leurs vieilles ballades. Dans
l'après-midi, ils entendirent un grand vacarme
dans la cour, et ils désiraient tous deux en con-
naitre la cause, mais ils ne l'apprirent que dans la
soirée.

En effet, à la tombée de la nuit, on frappa doucement à leur porte, et Carloman entra tout es-
soufflé.

— Me voici, enfin! s'écria-t-il. Regardez, Richard, je vous ai apporté du pain. C'est tout ce
que j'ai pu prendre. Je l'ai caché sous la table pendant le diner de peur que Lothaire ne le vit.

Richard remercia de tout son cœur le pauvre
enfant, et partagea aussitôt le pain avec Osmond
qui avait aussi faim que lui. Il demanda combien
de temps Arnulf resterait encore au château, et se
réjouit d'apprendre qu'il partait le lendemain matin
et que le roi l'accompagnait.

— Qu'est-ce que c'était que ce grand bruit dans
la cour?

— Je n'ose pas vous le dire, répondit Carloman.

Richard pressa tant le petit prince, que Carloman raconta ce qui s'était passé : les deux valets
normands s'étaient querellés avec les Flamands de

la suite d'Arnulf; il y avait eu une lutte, dans laquelle trois Flamands et un Français avaient été tués, ainsi que Sibald.

— Et Henry ? demanda Richard.

Hélas ! le roi avait ordonné qu'on pendit le pauvre Henry, ce qui avait eu lieu immédiatement.

Richard pâlit de colère et de douleur. Il aimait beaucoup ses deux Normands, il avait pleine confiance en eux, et il les aurait vivement regrettés, quand ils auraient péri d'une mort naturelle ; mais les voir mourir, l'un accablé par le nombre sous les coups des Flamands, l'autre d'une mort ignominieuse et de la façon la plus inique, c'en était trop pour lui : l'indignation lui serra tellement le cœur qu'il ne pouvait presque plus parler. Au moins s'il avait été là pour dire adieu à Henry et le remercier de tous ses services ! Mais maintenant il comprenait tout d'un coup l'horreur de sa position ; aussi ne put-il que verser des larmes amères, en refusant d'écouter les consolations de Carloman.

Osmond était encore plus affligé, car il pensait à l'avenir : il estimait beaucoup les deux Normands à cause de leur courage et de leur fidélité, et il avait toujours compté sur eux pour faire parvenir un message à Rouen en cas de nécessité. Il comprit qu'on avait saisi la première occasion

8

venue pour se défaire de ces fidèles serviteurs, et
que le roi allait bientôt accomplir ses desseins sur
le petit duc. Il ne douta plus que son tour ne vînt
bientôt ; mais il résolut de tout supporter plutôt
que de fournir à Louis le moindre prétexte de l'é-
loigner de son jeune maître, car Osmond sentait
bien qu'il était le dernier appui de Richard.

Il devint toujours plus évident qu'un grand danger les menaçait, surtout depuis que le roi et Arnulf étaient partis ensemble. La chaleur était accablante, et Richard regrettait beaucoup l'eau si
fraîche de la Seine, où il se baignait toujours quand
il était à Rouen. Un soir il persuada à Osmond de
l'accompagner jusqu'à l'Oise, qui coulait à une cen-
taine de pas du château ; mais à peine étaient-ils
partis que deux ou trois valets les rejoignirent en
leur disant que la reine leur ordonnait de paraître
immédiatement devant elle. A peine en sa présence :

— Qu'est-ce que cela signifie ? dit-elle avec colère. Ne saviez-vous pas que le roi avait défendu
expressément que le duc sortît jamais du château
pendant son absence.

— Je n'allais qu'à la rivière, dit Richard, et...,
Mais la reine l'interrompit aussitôt.

— Silence, enfant, je ne veux pas entendre d'ex-
cuses. Peut-être croyez-vous, sieur de Centeville,

que vous pouvez prendre des libertés en l'absence
du roi; mais je vous déclare que si vous sortez encore de ces murs, ce sera à vos périls et risques, et
à ceux de votre maitre. Je vous ferai arracher ces
yeux orgueilleux, si vous me désobéissez.

Elle sortit, et Lothaire les regarda avec un sourire diabolique.

— Vous ne commanderez plus longtemps à ceux
qui valent mieux que vous, jeune pirate, dit-il; et
il rejoignit sa mère avec précipitation, car il avait
peur de Richard. Mais celui-ci, que de semblables
paroles auraient mis hors de lui-même cinq ou six
mois auparavant, avait appris depuis lors à dominer son caractère et à supporter les humiliations;
aussi, loin de s'abandonner à sa colère, il ne pensa
qu'au danger qui menaçait son cher compagnon.

— Osmond, Osmond! s'écria-t-il, ils ne te feront
point de mal. Je ne sortirai plus du château, je ne
laisserai plus échapper de paroles violentes, je
n'offenserai plus le prince, pour qu'on te laisse
avec moi!

CHAPITRE VIII.

Par une belle soirée d'été, Richard et Carloman jouaient à la balle sur les marches de la grande entrée du château, lorsqu'ils entendirent une voix qui demandait l'aumône aux nobles princes pour l'amour de la sainte Vierge; ils se retournèrent et virent un pèlerin debout devant la porte, couvert d'une longue robe de serge, une crosse à la main, une besace à la ceinture. Il avait ôté son chapeau à larges bords pour saluer respectueusement les princes.

— Entrez, bon pèlerin! dit Carloman; il est tard, il vous faut rester ici ce soir; vous pourrez souper au château et y passer la nuit.

— Que le ciel vous bénisse, noble prince, répondit le pèlerin, et, en l'entendant, Richard s'écria joyeusement.

— Un Normand, un Normand! Il parle la langue de mon pays. Oh! êtes-vous de Normandie ? Osmond, il vient de chez nous !

— Mon maitre, mon cher maitre! s'écria le pèlerin, et, s'agenouillant au pied de l'escalier, il
baisa la main que lui tendait le jeune duc; c'est
trop de joie pour moi !

— Gauthier! Gauthier le veneur! dit Richard.
Est-ce bien vous! Oh! comment va dame Astrida
et tout le monde à la maison ?

— Tous sont très-bien, Monseigneur, et il leur
tarde d'apprendre comment vous.....

Mais en ce moment une voix brusque interrompit le pèlerin ?

— Qu'est-ce que cela signifie ? Qui est-ce qui se
place sur mon chemin ? Eh bien, Richard veut être
roi ici! On se prosterne devant lui. Il ose pousser
jusque-là l'insolence !

C'était Lothaire qui revenait de la chasse, suivi
de ses gens; il était de fort mauvaise humeur, car
il n'avait rien tué.

— C'est un Normand, un vassal de Richard, dit
Carloman.

— Un Normand? Je croyais que nous étions dé-
barrassés de ces voleurs! Nous n'en voulons plus
ici. Fouettez-le sans merci, Perron !

— C'est un pèlerin, Monseigneur, suggéra timidement un Français.

— Peu m'importe! Je ne veux point d'espions normands par ici. Fouettez-le ferme, vous dis-je, ce chien de traître; c'est un espion!

— On ne fouettera pas un Normand en ma présence! s'écria Richard, et il s'élança entre Gauthier et le valet de Lothaire juste à temps pour recevoir sur son épaule nue le premier coup de fouet qui y imprima une longue trace rouge. Lothaire se mit à rire.

— Monseigneur, qu'avez-vous fait? Oh! laissez-moi, s'écria Gauthier d'un ton suppliant; mais Richard s'était emparé du fouet, et d'une voix forte:

— Arrière, arrière, dit-il, lâches que vous êtes!

Les Français reculèrent, car, tout en craignant de désobéir à leur prince, ils hésitaient à frapper un pèlerin.

— Partez, Gauthier, dit Richard à voix basse; partez vite, vite! Et le pauvre Normand, voyant que c'était le seul parti à prendre, s'éloigna rapidement. Personne ne l'arrêta, malgré les cris de rage de Lothaire, qui s'en alla, tremblant de colère, raconter à la reine qu'il venait de découvrir un espion normand déguisé.

Lothaire n'était pas loin de la vérité. Gauthier était effectivement venu pour avoir des nouvelles

du petit duc, et pour chercher à voir Osmond. Il
ne put réaliser ce dernier projet, et resta en vain
plusieurs jours dans le voisinage de Laon ; Osmond
ne quittait jamais le duc un seul instant, et ce dernier était, comme nous l'avons vu, retenu dans le
château comme dans une véritable prison. Gauthier recueillit cependant assez d'informations pour
juger du véritable état des choses ; il apprit la mort
de Sibald et de Henry, l'alliance conclue entre le
roi et Arnulf, et la manière dont le duc était traité.
Il se hâta de porter ces nouvelles en Normandie.

Aussitôt après son arrivée, on observa dans tout
le duché un jeûne solennel de trois jours. Des multitudes se pressèrent dans toutes les églises, depuis
la cathédrale de Bayeux jusque dans les plus petites
chapelles de campagne, priant le ciel avec larmes de
jeter sur leur pays un regard de miséricorde, de
leur rendre leur prince, en délivrant l'enfant de
la main de ses ennemis. On peut juger combien
étaient ferventes les prières qui s'élevaient au château de Centeville. A Montémar-sur-Epte, l'inquiétude n'était pas moindre. Depuis que les dernières
nouvelles étaient arrivées, Albéric était tombé dans
une telle tristesse et dans une telle anxiété que sa
mère, ne sachant comment le rassurer, se décida à
faire avec lui un pèlerinage à l'abbaye de Jumièges,

afin d'y prier pour la délivrance de leur cher petit duc.

Sur ces entrefaites, Louis écrivit à Laon qu'il serait de retour au bout d'une semaine, et Richard s'en réjouit fort; car le roi lui avait toujours témoigné moins de malveillance que la reine, et il espérait qu'il lui permettrait de sortir du château. A cette même époque, le petit duc fut pris d'un malaise général : ce pouvait n'être que l'effet de la vie trop sédentaire qu'il menait depuis quelque temps ; cependant son indisposition augmenta, et après s'être plaint pendant toute une journée de violentes douleurs de tête, il fut saisi vers le soir d'une fièvre ardente.

Osmond fut très-alarmé. Il ne savait absolument pas quels soins l'état de Richard exigeait, et en outre il était presque sûr que le petit duc avait été empoisonné; aussi ne voulut-il avoir recours à personne dans le château ; il le veilla toute la nuit, s'attendant à chaque instant à le voir expirer. Il avait le désespoir dans le cœur, et l'esprit plein des plus sombres pensées; mais cela ne l'empêchait pas de soigner le pauvre enfant avec la douceur et les attentions d'une mère.

Toute cette nuit-là, Richard s'agita péniblement sur son petit lit, ou, quand la fièvre augmentait, il

appuyait sur l'épaule d'Osmond sa tête brûlante,
incapable de rien dire ou de rien penser. Dans la
matinée, comme il était encore trop mal pour
quitter la chambre, on envoya demander ce qui
lui arrivait; Osmond ne put plus cacher qu'il était
malade; mais il ne permit à personne d'entrer et
refusa tous les secours qu'on lui offrit. Il ne voulut
pas même laisser venir Carloman, quoique
Richard, en entendant sa voix, demandât instamment à le voir; et la reine ayant proposé
de lui envoyer une vieille garde-malade fort
habile, il déclara qu'il n'en voulait rien, et,
fermant brusquement la porte, il se mit à se pro-
mener de long en large dans la chambre, en répétant :

— La vieille sorcière, elle voudrait bien finir ce
qu'elle a commencé !

Ce jour-là et le suivant Richard continua à se trouver très-mal, et Osmond le soigna avec le même zèle,
sans fermer les yeux un seul instant, mais en répétant ses prières toutes les fois que son maître ne
réclamait pas son secours. Enfin Richard s'endormit profondément, et ne s'éveilla qu'au bout de
quelques heures, se sentant beaucoup mieux;
Osmond fut transporté de joie.

— Dieu merci, dit-il, ils ont manqué leur coup !

Ils ne trouveront plus l'occasion de recommencer.
Que le ciel nous protége encore !

Richard n'eut pas l'idée de lui demander le sens
de ses paroles, et les jours suivants Osmond continua à veiller sur lui avec le plus grand soin. Il ne
voulut plus qu'il touchât aux aliments qui venaient de la table du roi, mais il descendait toujours lui-même à la cuisine pour s'y procurer de la
nourriture, car il y avait un cuisinier qui était de
ses amis et qui, pensait-il, ne consentirait jamais à
les empoisonner. Quand Richard put se lever, il
lui ordonnait expressément, toutes les fois qu'il le
laissait seul, de planter son poignard dans le plancher, sous la porte, en guise de verrou, et de n'ouvrir à personne, pas même à Carloman. Richard
ne comprenait rien à toutes ces précautions, mais
il avait trop de confiance en Osmond pour ne pas
lui obéir.

Le roi était de retour. et Richard se sentait assez
bien pour désirer vivement sortir; mais Osmond
ne voulut pas le lui permettre. Le petit duc, voulant un jour montrer qu'il avait repris ses forces,
se mit à marcher de long en large dans la chambre
jusqu'à ce qu'il tomba de fatigue.

— Impossible, Monseigneur, lui dit Osmond;
il vous faut rester dans votre chambre. D'ailleurs,

vous n'y perdez pas grand'chose, car le roi a amené ici Herluin de Montreuil, dont la vue vous est presque aussi odieuse que celle du comte de Flandre. Tenez la porte soigneusement fermée, je vais sortir un moment, et pendant ce temps, dites vos prières, afin que Dieu nous tire de danger.

Osmond resta dehors pendant une demi-heure environ, et, quand il revint, il portait sur ses épaules une énorme botte de paille.

A quoi penses-tu? s'écria Richard. Je t'ai demandé mon souper, et tu m'apportes de la paille.

— Voici votre souper, dit Osmond, jetant à terre la paille et sortant d'un petit sac un peu de viande et de pain. Que diriez-vous, Monseigneur, si nous soupions en Normandie demain soir?

— En Normandie! s'écria Richard, en sautant de joie et en frappant des mains. En Normandie! Est-ce que tu dis vrai? Demain soir! Est-ce que le comte Bernard est venu? Est-ce que le roi nous laisse partir?

— Silence, silence, Monseigneur, c'est nous-mêmes qui devons nous enfuir du château; tout peut manquer si vous n'êtes pas muet comme la tombe.

— Je ferai tout pour retourner à Rouen. Je ne serai pas si fou que lorsque tu essayas de me faire sortir de la tour de Rollo. Mais j'aimerais tant à dire adieu à Carloman.

— Impossible, dit Osmond, nous ne pourrons plus nous enfuir, si l'on ne vous croit pas encore au lit et très-malade.

— Cela me fait bien de la peine de ne pas dire adieu à Carloman, répéta Richard ; mais allons-nous vraiment revoir dame Astrida et sire Eric? Oh! c'est trop beau! et Albéric, il viendra, n'est-ce pas, Osmond? Quand partons-nous? O Normandie, chère Normandie!

Richard pouvait à peine manger, tant il était agité; Osmond faisait ses arrangements, s'armait de son épée et plaçait un poignard à la ceinture de son jeune maître. Il mit le reste de ses provisions dans un sac, entoura le petit duc d'un épais manteau, et lui dit de s'étendre sur la paille.

— Je vous cacherai là dedans, dit-il, je vous emporterai ainsi, et l'on croira que je vais faire la litière de mon cheval.

— Oh! ils ne devineront jamais! s'écria Richard en riant. Je ne ferai point de bruit. Je retiendrai mon souffle.

— Oui, prenez garde de ne remuer ni bras, ni jambes. Ce n'est pas un jeu. Il s'agit de notre vie ou de notre mort, dit Osmond, en entourant de paille le petit garçon. Pouvez-vous respirer?

— Oui, dit Richard d'une voix un peu étouffée. Est-ce qu'on ne me voit plus ?

— Plus du tout. Maintenant, souvenez-vous que, quoi qu'il arrive, vous ne devez pas remuer ? Que Dieu soit avec nous ! En route.

Et Richard se sentit enlevé en l'air, puis il entendit ouvrir la porte. Osmond l'emportait en descendant l'escalier avec précaution. Pour se rendre aux écuries, il fallait absolument traverser la cour, et c'était là l'endroit dangereux. Richard entendit confusément des voix et des rires, puis quelqu'un qui disait :

— Vous soignez votre cheval, sieur de Centeville ?

— Oui, répondit Osmond. Vous savez que depuis que nous avons perdu nos valets, mon pauvre cheval noir serait dans un triste état, si je ne m'en occupais.

Puis Richard entendit la voix de Carloman :

— O Osmond de Centeville, dites-moi, Richard est-il mieux ?

— Il est mieux, Monseigneur, je vous remercie. mais pas tout à fait hors de danger.

— Oh ! j'aimerais tant qu'il se guérît ! Et quand

9

me laisserez-vous aller le voir? Je vous promets d'être très-tranquille et de ne pas du tout l'agiter.

— Ce sera pour plus tard, Monseigneur, quoique le duc vous aime beaucoup; il me le répétait encore tout à l'heure.

— Vraiment? Oh! dites-lui que je l'aime aussi beaucoup, beaucoup plus que tout le monde au château, et que je m'ennuie extrêmement quand il n'y est pas. N'est-ce pas, vous me promettez de lui dire cela, Osmond?

Richard put à peine s'empêcher d'appeler son cher petit Carloman; mais il se rappela le danger qu'il courait, et resta silencieux, se consolant en formant le vague projet de récompenser un jour Carloman en le faisant roi de France. Pendant ce temps, Osmond avait traversé la cour, et Richard reconnut à l'obscurité et à l'air chaud et humide qu'ils étaient dans l'écurie; Osmond le mit doucement à terre, et lui dit à l'oreille :

— Tout va bien, jusqu'ici. Pouvez-vous respirer?

— Pas bien. Peux-tu me laisser sortir la tête un petit moment?

— Non, pas pour un empire. Maintenant, dites-moi si je ne vous mets pas la tête en bas, car je n'y vois goutte.

Il plaça cette espèce de gerbe vivante en travers de sa selle, l'y attacha fortement, et menant son cheval par la bride, il s'avança avec précaution, en regardant tout autour de lui. Heureusement, tout le monde était à souper, et il n'y avait personne aux portes. Richard entendit résonner les pieds du cheval sur le pont-levis, et il sut qu'il était libre; mais Osmond l'entoura de son bras et l'empêcha de bouger. Quelques instants après, au moment où il lui semblait qu'il ne pouvait pas supporter cette position plus longtemps, Osmond arrêta le cheval, prit l'enfant, le mit à terre et le sortit de la botte de paille. Le petit duc regarda tout autour de lui. Ils étaient dans un bois, c'était l'heure du crépuscule et les oiseaux chantaient leurs adieux dans le feuillage.

— Libre, libre! quel bonheur! s'écria Richard en respirant à pleine poitrine la fraîche brise du soir. Plus de reine, plus de Lothaire, plus de prison!

— Attendez, répondit Osmond. Nous ne serons en sûreté que de l'autre côté de l'Epte. En selle, Monseigneur, nous devons fuir sans perdre un instant.

Osmond plaça le petit duc devant lui, saisit les rênes, piqua des deux, et partit au trot, ne voulant pas épuiser les forces de son cheval en le mettant au galop. Le crépuscule fit place à la nuit, les étoiles montèrent à l'horizon, et ils avançaient toujours. Peu à peu Richard sentit le sommeil le gagner, et il s'endormit insensiblement, bercé par le trot du cheval. Un seul sentiment lui restait : il s'éloignait de la France et de la cruelle Gerberge, et chaque pas le rapprochait de sa Normandie ; depuis longtemps il n'avait dormi avec une aussi douce sécurité. Les heures se passèrent, les étoiles pâlirent, et une lueur rose colora tout l'orient; le soleil se leva radieux, mais bientôt la chaleur devint accablante ; le cheval n'avançait plus que lentement, à chaque instant il faisait un faux pas, et bien qu'Osmond eût ralenti sa course et laissât flotter les rênes, il était évident que le pauvre animal ne pourrait plus marcher longtemps.

Osmond commençait à être extrêmement inquiet, lorsque tout à coup il vit paraître une troupe de marchands, conduisant au pas une longue file de mules lourdement chargées; ils étaient escortés par une compagnie d'hommes armés, et l'on eût dit une caravane traversant un désert de l'Orient. Ils regardèrent avec surprise le jeune Normand et l'enfant, qui venait de se réveiller.

— Messire le marchand, dit Osmond au premier d'entre eux, vous voyez mon coursier? Vous n'en avez jamais rencontré un meilleur, mais il est épuisé par la fatigue, Voulez-vous le prendre en échange de votre grand cheval? Il vaut deux fois autant, mais je n'ai pas le temps de marchander. Voulez-vous, oui ou non?

Le marchand, dont l'œil exercé reconnut d'emblée la valeur du cheval d'Osmond, n'hésita pas à accepter l'offre, et après avoir changé les selles et placé Richard sur sa nouvelle monture, Osmond repartit aussitôt. Il reconnaissait aisément la route qu'il avait suivie avec le roi, grâce aux observations qu'ils avaient faites en venant à Laon. Les grands marais étaient beaucoup moins dangereux qu'alors, car l'été les avait desséchés, et les fugitifs les traversèrent heureusement. Jusqu'à ce moment, personne ne les avait poursuivis, et le seul souci d'Osmond était causé par l'extrême fatigue de Richard qui, à peine remis de sa dernière maladie, était accablé par la chaleur et semblait avoir perdu le sentiment de ce qui se passait. A peine parut-il revivre quand le soleil se coucha et qu'une fraîche brise vint leur souffler au visage. Mais dans ce moment l'œil d'Osmond découvrit au delà des vertes prairies une rivière aux ondes bleues, sur le bord opposé de

laquelle s'élevait une colline rocheuse dominée
par un château fort.

— L'Epte! l'Epte! Voici la Normandie, Monseigneur! Regardez! Voici votre duché!

— La Normandie! s'écria Richard en se redres-
sant. La Normandie! O mon cher pays!

Cependant l'Epte était large et profonde, et on
ne pouvait la traverser sans danger. Osmond regardait autour de lui avec inquiétude, soudain
il remarqua sur le rivage des traces de pas qui
indiquaient qu'un troupeau avait traversé la rivière
à cet endroit.

— Il nous faut en courir la chance, dit-il, et,
sautant à bas de son cheval, il le prit par la bride
et s'avança dans les flots en soutenant d'une main
ferme Richard sur sa selle. Ils enfoncèrent peu à
peu; l'eau gagna bientôt les pieds de Richard, puis
le cou du cheval; puis le cheval se mit à nager,
ainsi qu'Osmond, qui, cependant, ne cessait pas
de soutenir l'enfant. Enfin, ils touchèrent de nouveau le fond; le courant diminua, et ils avaient
presque atteint le rivage, lorsqu'ils virent sur le mur
du château deux hommes qui dirigeaient sur eux
leurs arcs, tandis qu'un autre debout sur la rive
leur criait:

— Qui vive? Personne ne traverse le gué de

Montémar sans la permission de la noble dame Yolande.

— Ah! Bertrand le sénéchal, est-ce vous? s'écria Osmond.

— Qui m'appelle par mon nom? répondit le sénéchal.

— C'est moi, Osmond de Centeville. Ouvrez vite vos portes, sire sénéchal, car voici le duc, qui a grand besoin de repos et de soins.

— Le duc, le duc! crièrent les hommes d'armes qui étaient sur les murs, et dans ce moment Osmond atteignait la rive et s'écriait :

— Regardez, Monseigneur, regardez! Vous voici de nouveau dans votre duché, et voilà le château d'Albéric.

— Soyez le bienvenu, très-noble seigneur! Dieu soit béni! s'écria le sénéchal. Quelle joie pour ma noble maîtresse et mon jeune seigneur!

— Il est bien épuisé, dit Osmond en regardant avec inquiétude Richard, que les cris joyeux de ses sujets ne tiraient pas de son abattement. Il a été très-malade quelques jours avant notre départ. Je crois qu'on avait cherché à l'empoisonner; aussi fis-je vœu de ne pas rester à Laon une heure de plus à partir du jour où il pourrait se lever. Mais prenez courage, Monseigneur, vous êtes sauvé maintenant et voici la bonne dame de Montémar qui va vous soigner bien mieux qu'un rude écuyer comme moi.

— Hélas! notre dame n'est pas ici, dit le sénéchal, elle est allée avec le jeune Albéric en pèlerinage à Jumiéges, afin d'y prier pour la sûreté du duc. Quelle sera leur joie en apprenant que leurs prières sont exaucées!

Osmond cependant osait à peine se réjouir, tant il était inquiet de l'extrême épuisement de Richard, qui, lorsqu'on l'eut transporté dans la salle du château, ne put rien dire et refusa toute nourriture. On le mit dans le lit d'Albéric, où il commença à s'agiter sans pouvoir s'endormir.

— Hélas! hélas! dit Osmond, je me suis trop pressé! Je ne l'ai sauvé des mains des Français que pour causer sa mort par ma propre imprudence.

— Chut! sieur de Centeville, dit la femme du sénéchal, qui entrait dans la chambre, ne parlez pas de cette manière devant lui. Laissez-moi le soigner, il ne souffre que d'un excès de fatigue.

Osmond aurait volontiers confié le duc aux soins de la bonne dame; mais Richard, malgré son abattement, conservait encore un sentiment instinctif, celui de s'attacher à Osmond, comme à son seul protecteur, car il était encore trop faible pour bien comprendre où il se trouvait. Pendant deux ou trois heures, Osmond et la femme du sénéchal veillèrent à son chevet, en s'efforçant de calmer son agitation, jusqu'à ce qu'il s'assoupit peu à peu, et qu'enfin il tomba dans un profond sommeil.

Le soleil était depuis longtemps levé quand Richard s'éveilla. Il leva la tête et regarda tout autour de lui. Ses yeux ne rencontrèrent plus les tapisseries de sa chambre de Laon, mais les murs de pierres grises et les fenêtres en meurtrières d'une chambre de tourelle. Osmond de Centeville était étendu sur le plancher, à côté de lui, dormant comme quelqu'un qui depuis longtemps a été privé de sommeil. Et que vit encore Richard?

Il vit la figure épanouie et les yeux brillants de joie d'Albéric de Montémar, qui depuis quelques instants, appuyé sur le pied de son lit, guettait impatiemment son réveil.

« Albéric, Albéric! — Monseigneur, Monseigneur! » crièrent en même temps les deux enfants. Richard se souleva, tendit les bras, et Albéric se jeta à son cou. Ce ne furent d'abord que des transports de joie, des exclamations entrecoupées, qui auraient suffi pour réveiller un homme moins fatigué qu'Osmond.

— Est-ce vrai? Suis-je bien en Normandie? s'écriait Richard.

9.

— Oui, oui! Oh! oui, Monseigneur. Vous êtes à
Montémar. Tout ce qui est ici vous appartient. Le
faucon est très-bien, et ma mère sera ici ce soir.
Elle m'a laissé partir dès que nous avons appris la
grande nouvelle.

— Nous avons voyagé bien longtemps et bien
tard, et j'étais très-fatigué, dit Richard ; mais je ne
m'inquiète plus de rien, puisque nous sommes sauvés. Mais je peux à peine le croire. O Albéric,
comme tout ce temps a été long!

— Venez ici, Monseigneur, dit Albéric regardant par la fenêtre. Venez, et vous reconnaîtrez
que vous êtes bien dans votre duché.

Richard courut à la fenêtre, et quel spectacle
frappa ses yeux!

La cour du château était pleine d'hommes d'armes et de chevaux, le soleil brillait sur les hauberts
polis et sur les grands casques, au-dessus desquels
flottaient plus d'une bannière et d'un pennon bien
connus de Richard.

— Oh! s'écria-t-il avec transport ; regarde, voilà
les armoiries de Ferrières et l'écusson bariolé de
Warrenne! Et là-bas, n'est-ce pas? — oui, je
le vois, c'est notre pennon rouge de Centeville!
O Albéric, Albéric! Est-ce que sire Eric est ici?
Je veux descendre l'embrasser.

— Bertrand, dit Albéric, leur a fait dire à tous, dès que vous êtes arrivé, d'accourir pour garder notre château, de peur que les Français ne viennent vous y attaquer; mais vous êtes en sûreté maintenant, Dieu merci.

— Oui, Dieu merci! dit Richard, qui s'agenouilla quelques minutes en faisant le signe de la croix; puis, se relevant et regardant Albéric : J'ai bien des raisons de bénir Dieu, dit-il, car il nous a sauvés tous deux des mains du roi et de la cruelle Gerberge. Il faut qu'à l'avenir je sois moins colère et moins impérieux que lorsque je suis parti, car j'ai fait vœu de m'amender si jamais je revenais. Pauvre Osmond, comme il dort! Allons, viens, Albéric, conduis-moi vers sire Eric!

Et, prenant la main d'Albéric, Richard descendit l'escalier et entra dans la grande salle. Plusieurs chevaliers et barons normands y étaient, mais Richard ne cherchait que sire Eric; il le reconnut à ses cheveux gris et à sa cuirasse incrustée de bleu, bien que le vieux baron lui tournât le dos, et à l'instant, avant qu'on l'eût vu entrer, il s'élança vers lui les bras tendus, en s'écriant :

— Sire Eric, sire Eric, me voici! Osmond est bien! Comment va dame Astrida?

— Mon enfant ! s'écria le vieux baron, et il le
pressa dans ses bras couverts d'acier, tandis que de
grosses larmes coulaient sur ses joues ridées ; béni
soit Dieu de ce que vous êtes sauvé et de ce que
mon fils a fait son devoir !

— Et comment est dame Astrida ?.

— Très-bien, surtout depuis qu'elle a appris que
vous étiez sauvé. Mais tournez-vous, Monseigneur,
il ne faut pas qu'un duc reste ainsi suspendu au
cou d'un vieillard. Voyez combien de vos fidèles
vassaux sont rassemblés ici pour vous protéger
contre ces traîtres de Français.

Richard se retourna et tendit la main à tous les
barons, en les saluant avec une grâce qu'il ne possédait certainement pas au moment où il avait
quitté la Normandie. Il était aussi plus grand, et,
bien que pâle, les vêtements en désordre, les cheveux emmêlés, et la joue encore sillonnée par la
cicatrice de la brûlure, cependant ses brillants
yeux bleus, sa physionomie ouverte, et sa forme
élancée avaient quelque chose de noble et d'at-
trayant, et les chevaliers normands le regardaient
avec une joie mêlée d'orgueil, qu'augmentèrent
encore ses premières paroles :

— Braves chevaliers, dit-il d'une voix émue, je
vous remercie du fond du cœur d'être ainsi venus à

mon aide. Je ne crains pas toute l'armée française, maintenant que je suis au milieu de mes Normands.

Sire Eric le conduisit sur le seuil de la porte d'entrée, afin que les hommes d'armes pussent le voir, et aussitôt retentit de tous côtés le cri de : « Vive le duc Richard ! Dieu protége notre duc ! » Les échos des collines le répétèrent, la vieille tour en fut ébranlée, Osmond fut réveillé en sursaut, et Richard sentit qu'il était réellement dans un pays où tous les cœurs battaient d'amour pour lui.

Dans ce moment même, on entendit le son du cor, et sire Eric reconnut le signal du comte de Harcourt. Il envoya Bertrand ouvrir les portes en toute hâte, et Albéric le suivit, en qualité de seigneur du château, pour recevoir le comte.

C'était en effet le vieux comte qui arrivait. Albéric lui tint l'étrier pendant qu'il descendait de cheval. Il avait à peine fait quelques pas que Richard vint de lui-même à sa rencontre, ce qui ne lui était jamais arrivé auparavant, et lui tendit la main en disant :

— Soyez le bienvenu, comte Bernard, soyez le bienvenu ! Grand merci d'être sitôt accouru pour me protéger. Je suis bien content de vous revoir.

— Ah ! mon jeune seigneur, répondit Bernard, il me tardait de vous voir hors des embûches des Francs. Vous savez distinguer maintenant un ami d'un ennemi, n'est-ce pas?

— Oh! oui, comte Bernard. Je sais que vous avez toujours voulu mon bien, et que j'aurais dû vous remercier et ne pas me mettre en colère quand vous me grondiez. Attendez un moment, sire comte; il y a une chose que je me suis promis de faire, si jamais je revenais dans mon bien-aimé pays. Gauthier, Maurice, Jean, et vous tous, serviteurs de ma maison et de celle de Centeville, je sais qu'avant de partir je n'ai pas toujours été bon pour vous. J'étais colère, orgueilleux et dominateur; mais Dieu m'en a bien puni en me plaçant au milieu d'ennemis cruels; je me repens maintenant de ma conduite passée, et j'espère que vous me pardonnerez, car je ferai tous mes efforts, avec l'aide de Dieu, pour devenir meilleur.

— Entendez-vous, Eric, dit Bernard, entendez-vous ce que dit l'enfant? S'il parle ainsi de son propre mouvement, et s'il tient ses promesses, je crois qu'il ne sera pas fâché d'avoir séjourné en France, et que nous trouverons en lui, en toutes circonstances, un prince qui ressemblera à son bienheureux père.

— C'est Osmond qu'il faut remercier, dit Richard au moment où Osmond entrait en se frottant encore les yeux. C'est Osmond qui m'a appris à tout supporter, et à la fin il s'est enfui avec moi comme un aigle avec son aiglon. Ecoute, Osmond, tu porteras dorénavent une paire d'ailes sur ton écusson, pour montrer comment nous nous sommes enfuis (1).

— Comme il vous plaira, répondit Osmond, mais c'était dur de fuir si longtemps, et j'espère que c'est la dernière fois que je tourne le dos à vos ennemis !

Ce fut un beau jour d'été que celui-là ! Même les trois heures que l'on passa en conseil parurent courtes à Richard, tant il aimait à retrouver tous les usages d'autrefois; il alla ensuite visiter les trésors d'Albéric, lui raconta ses aventures et lui parla de ce qu'on lui avait appris à Laon. La soirée fut plus belle encore, car d'abord on ouvrit les portes du château à la dame Yolande de Montémar, et un quart d'heure après le pont-levis s'abaissa de nouveau pour recevoir les gens de Centeville, au milieu desquels on voyait paraître le grand bonnet blanc de dame Astrida. Richard s'élança dans ses bras; elle le pressa sur son sein, puis le plaça à quelque distance d'elle pour voir s'il avait bien grandi; elle demanda d'où venait la

(1) Voyez la note 15.

cicatrice, puis l'embrassa de nouveau. Ensuite, le
regardant encore, elle déclara que sa chevelure
ressemblait à celle du roi Harold aux cheveux hérissés (1); et, tirant de sa poche un peigne d'ivoire,
elle commença à démêler ses boucles en désordre,
en lui faisant tellement mal, qu'auparavant cela
l'eût mis fort en colère; mais maintenant tout le
faisait rire.

Quant à Osmond, lorsqu'il vint s'agenouiller devant elle, elle le bénit en pleurant, et le gronda en
même temps de ce qu'il avait trop fatigué son cher
petit; et certes, quand la nuit fut venue, et que
Richard eut, comme autrefois, dit ses prières auprès de dame Astrida, le plus heureux enfant de
Normandie était son petit duc.

(1) Voyez la note 16.

CHAPITRE IX.

Montémar était trop près de la frontière pour offrir un asile assez sûr au petit duc, et son oncle, le comte Hubert de Senlis, convint avec Bernard le Danois qu'il valait mieux le placer hors de son duché, qui allait probablement devenir le théâtre d'une guerre acharnée. Richard fut donc envoyé en secret, sous une forte escorte, au château de Senlis.

Il fut d'abord bien attristé de cette décision. Ce qui le consola cependant, c'est que ses anciens amis ne furent point séparés de lui; Albéric, le baron de Centeville, Osmond, et même la bonne dame Astrida, voulurent tous l'accompagner. Le baron ne voulait plus le perdre de vue, et veillait sur lui avec autant de soins que sur un prisonnier. Bien que l'été fût magnifique, on ne le laissait jamais franchir l'enceinte du château, car pour rien

au monde on n'eût voulu révéler le lieu de sa retraite.

Osmond passait moins de temps avec lui qu'auparavant; il était toujours occupé à travailler dans
la forge de l'armurier, espèce de cave voûtée donnant dans la cour du château. Richard et Albéric
désiraient beaucoup savoir ce qu'il y faisait, mais
il fermait toujours la porte sur lui, et ils devaient
se contenter d'entendre les coups de marteau accom-
pagnant en cadence les voix sonores des ouvriers,
qui chantaient la ballade de « l'épée de Sigurd » et de
« la jeune fille dormant dans un cercle de flamme. »
Dame Astrida disait qu'Osmond avait raison,
que jamais bon armurier ne travaillait en laissant
sa porte ouverte, et quand les enfants demandaient
au jeune écuyer ce qui l'occupait tant, il répondait
en souriant qu'ils le sauraient quand on appellerait
les Normands aux armes.

Ils pensèrent bientôt que ce moment était venu,
car ils apprirent que Louis avait rassemblé une
armée et qu'il était entré en Normandie pour s'emparer du petit duc et pour conquérir le pays. Cependant le cri de guerre ne se fit point entendre,
mais au contraire il vint un message annonçant que
Rouen avait été livré au roi. Richard versa des
larmes d'indignation.

— Le château de mon père ! Ma propre ville dans les mains de l'ennemi ! Bernard est donc un traître ! Personne ne m'empêchera de lui donner ce nom. Pourquoi avons-nous eu confiance en lui ?

— Patience, Monseigneur, dit Osmond, quand vous serez parvenu à l'âge de chevalier, votre propre épée vous fera justice en dépit de tous les traîtres français et danois.

— Quoi ! toi aussi, mon fils, interrompit le vieux Centeville. Je ne te croyais pas la tête assez légère pour aller accuser un vieillard qui, avant que tu fusses né, servait déjà fidèlement la race de Rollo.

— Il a livré mon duché ! Comment ne pas l'appeler un traître ? cria Richard. Le malheureux, l'infâme !

— Silence, Monseigneur, reprit Éric d'une voix solennelle, Bernard a plus de sagesse dans sa vieille tête que vous ou moi. Je ne devine pas ce qu'il veut faire, mais je jurerais sur ma vie que ses intentions sont droites.

Richard se tut, se rappelant avoir été une fois injuste dans ses accusations ; mais son cœur saignait à la pensée que les Français occupaient Rouen, et ce fut bien pis quand il sut que le roi allait partager la Normandie entre ses vassaux français. Il y eut à cette nouvelle un mouvement d'indignation dans

la petite garnison de Senlis, mais la confiance d'Eric
en son ami Bernard resta inébranlable, même lorsqu'il apprit que le roi avait assigné Centeville comme
la future possession du gros comte français qui avait
servi d'otage pour le petit duc à Rouen.

— Eh bien, Monseigneur, dit-il un jour à Richard
après avoir reçu des dépêches, qu'en pensez-vous ?
Le corbeau noir a déployé ses ailes. Cinquante bateaux remontent la Seine, et le long serpent de
Harold à la dent bleue est à leur tête.

— Le roi de Danemark ! Il est venu à mon secours ?

— Il est venu sur l'appel secret de Bernard, pour
vous rétablir sur votre trône. Maintenant, appelez
le brave Harcourt un traître parce qu'il n'a pas voulu
laisser dévaster par la guerre votre beau duché.

— C'est vrai, il ne m'a pas trahi, dit Richard d'un
ton pensif, mais...

— Eh bien ! que voulez-vous dire ?

— Je pense que quand je régnerai, je ne serai pas
si rusé, répondit Richard ; je serai un ami ou un
ennemi déclaré.

— L'enfant est meilleur que nous, dit sire Eric
en souriant, c'est ainsi qu'aurait parlé son père.

— Il ressemble tous les jours davantage à son
bienheureux père, dit dame Astrida.

— Mais les Danois, mon père, les Danois! dit Osmond. On va se battre maintenant, je puis donc rejoindre l'armée et gagner mes éperons?

— J'y consens de tout mon cœur, répondit le baron, si Monseigneur te le permet. Que ne puis-je te suivre moi-même! Cela me ferait tant de bien de remettre le pied sur un bateau normand.

— Il me tarde de voir ces hommes du Nord, dit Osmond.

— Oh! ce ne sont que des Danois, dit Éric; il n'y a point de Norwégiens, point de Wikings, comme lorsque le roi Ragnar mit à feu et à flammes...

— Mon fils, mon fils, de quoi parles-tu à cet enfant? interrompit dame Astrida. Est-ce que ces paroles conviennent à un baron chrétien?

— Pardon, ma mère, dit humblement le vieux guerrier, mais mon sang bouillonne à la pensée qu'une flotte danoise est là tout près et qu'Osmond va combattre sous un roi de mer.

Le lendemain matin on amena devant la porte le coursier d'Osmond, et tous les hommes d'armes dont on pouvait se passer à Senlis se tinrent prêts à partir. Les petits garçons, debout sur les marches de l'escalier, regrettaient de ne pas être assez grands pour rejoindre l'armée, et se demandaient ce qu'Osmond était devenu, lorsque la porte de la forge s'ouvrit. Ils virent alors l'héritier de Centeville couvert d'une brillante cuirasse d'acier, son casque était surmonté d'une paire d'ailes d'or, et son long bouclier ovale portait le même insigne.

— Les ailes, les ailes ! cria Richard, ce sont les armes que je t'ai données.

— Puissent-elles voler à la poursuite de l'ennemi et ne jamais fuir devant lui ! dit sire Eric. Comporte-toi vaillamment, mon fils, et que nos cousins de Danemark ne puissent pas dire que la délicatesse française nous a fait oublier la valeur des hommes du Nord !

Osmond partit, et les deux enfants montèrent au sommet de la tour pour le suivre des yeux le plus longtemps possible.

Bien des jours se passèrent ; Richard et Albéric montaient souvent au haut de la tour pour y guetter, pendant de longues heures, l'arrivée d'un messager. Mais leur patience se lassa ; ils se fatiguèrent de cette longue attente, et se remirent bientôt à jouer comme auparavant dans la cour du château.

Un jour, Albéric, qui faisait le dragon, était étendu sur le dos et soufflait très-fort comme s'il eût vomi des flammes et une épaisse fumée, tandis que Richard, qui représentait le chevalier, armé d'un bâton taillé en lance et d'une épée de bois, le harcelait avec ardeur. Tout à coup le dragon se releva en montrant la sentinelle qui veillait au sommet de la tour. Elle saisissait dans ce moment sa trompette dont les sons aigus retentirent dans tout le château.

Les deux enfants poussèrent un cri, s'élancèrent dans l'escalier et arrivèrent au haut de la tour tellement hors d'haleine, qu'ils ne purent pas même demander à l'homme d'armes ce qu'il avait vu. Celui-ci étendit la main vers l'horizon, et Albéric, dont la vue était fort longue, s'écria :

— Regardez, Monseigneur, je vois un point noir là-bas dans la plaine !

— Je ne vois rien. Où est-il donc ?

— Il est derrière la colline, maintenant, mais le voilà de nouveau. Oh ! comme il vient vite !

— Je le vois, s'écria Richard ; on dirait un oiseau qui vole.

— Pourvu que ce ne soit pas un fuyard, dit Albéric, regardant avec inquiétude le visage de la sentinelle ; car Albéric avait été élevé sur les frontières, et se souvenait des terribles récits de l'invasion du vicomte de Cotentin.

— Non, mon jeune seigneur, répondit la sentinelle, ce n'est pas un fuyard. Je sais reconnaître ceux qui fuient devant l'ennemi.

— Non, vraiment, ce cavalier ne nous annonce
pas une défaite, dit le baron Éric, qui les avait re-
joints.

— Je le vois beaucoup mieux. Je distingue le
cheval, dit Richard, en faisant de tels sauts de joie
qu'Éric le retint en disant :

— Vous allez vous jeter en bas ! Allons, tenez-
vous tranquille !

— Il porte quelque chose, dit Albéric.

— Une bannière ou un pennon, dit la sentinelle.
On dirait que c'est le jeune baron !

— Par ma foi, c'est lui, c'est mon brave Osmond,
s'écria le vieil Éric, dont le regard brillait et qui
tremblait d'émotion. Il aura fait honneur à son
père, ajouta-t-il. Les Danois auront vu comment
nous élevons nos fils.

— Ses ailes annoncent une bonne nouvelle, dit
Richard. Lâchez-moi, sire Éric ! je veux descendre
pour annoncer son arrivée à dame Astrida.

On baissa le pont-levis ; on leva la herse. Tous les
gens du château se rassemblèrent dans la cour, et
virent entrer l'héritier de Centeville. Il tenait à la
main une bannière qu'il abaissa devant Richard.
Elle se déroula, et le petit duc de Normandie vit à
ses pieds les fleurs de lis de France.

Un cri de joie s'éleva, et tous se pressèrent autour

d'Osmond, l'accablant de questions. Il y avait eu une grande victoire, le roi était prisonnier, Montreuil avait été tué !

Richard prit Osmond par la main et le conduisit dans la grande salle, où tous l'entourèrent pour apprendre les détails. Son père lui demanda d'abord ce qu'il pensait de leurs alliés les Danois.

— Ce sont de rudes compagnons, mon père, il faut l'avouer, répondit Osmond en souriant et en secouant la tête. Je ne pourrais jamais boire comme eux dans un crâne humain, fût-il même enchâssé d'or.

—Cela ne les empêche pas d'être de braves guerriers, dit Éric. Oui, oui, Osmond, tu es trop délicat. Tu ne pourrais pas comme eux manger un mouton en le dépeçant avec les mains et les dents; tu ne peux te passer du beau couteau français que tu as à la ceinture.

· Osmond ne pensait pas que l'on fût plus brave parce qu'on était encore sauvage ; mais il ne répondit rien, et Richard lui demanda aussitôt avec impatience de raconter la bataille.

— Elle a eu lieu sur les bords de la Dive, répondit Osmond. Ah ! vous aviez raison de dire que le vieux Bernard était habile, on aurait dû vraiment l'appeler Cœur-de-renard au lieu de Cœur-

10

d'ours. Il avait envoyé aux Français un message
de détresse, disant que les Danois l'attaquaient
avec toutes leurs forces, et suppliant Louis de venir
à son aide.

— J'espère qu'il n'y a pas eu de trahison ! Rien
de honteux ne sera fait en mon nom, s'écria Richard avec un accent plein de dignité qui fit oublier à tous son jeune âge.

— Non, car alors je ne ferais pas ce récit avec
tant de joie, dit Osmond. L'intention de Bernard
était de réunir les rois.de Danemark et de France,
afin que Louis pût voir le nombre de vos alliés. Il
voulait empêcher une effusion de sang.

— Et comment cela tourna-t-il ?

— Les Danois étaient campés sur la Dive, et
aussitôt que les Français parurent, la Dent-bleue
envoya un messager à Louis pour le sommer de
quitter la Neustrie, et de vous la laisser comme à
son maître légitime. Là-dessus, Louis, désirant le
gagner par de belles paroles, l'invita à une conférence personnelle ?

— Où étais-tu pendant ce temps, Osmond ?

— A un poste où j'avais presque honte de me
trouver. Bernard avait rassemblé tous les Normands et nous avait placés sous l'étendard de
Louis, soi-disant pour repousser cette invasion

danoise. Vraiment, on aurait juré qu'il était pour Louis, lui donnant des avis et le conseillant le mieux possible. Mais il ne put réussir sur un point. Le misérable Herluin de Montreuil était avec le roi, espérant sans doute avoir sa part des dépouilles, et quand Bernard conseilla au roi de le renvoyer, puisque aucun Normand ne pouvait supporter sa vue, ces mauvaises têtes de Français jurèrent que jamais un Normand ne les empêcherait d'amener avec eux qui ils voulaient. On dressa une tente sur les bords de la rivière, et les deux rois y entrèrent avec Bernard, Alain de Bretagne et le comte Hugues. Pendant qu'ils conféraient ensemble, les guerriers des deux armées commencèrent à se mêler un peu les uns avec les autres, et nous autres Normands nous étions bien aises de faire connaissance avec les Danois. Il y avait parmi eux un certain guerrier aux cheveux rouges et à l'air sauvage, qui me dit avoir été en Angleterre avec Anlaff, et m'entretenait des exploits d'Hako de Norwége, quand tout à coup, me montrant un chevalier qui était près de nous et qui parlait à un Cotentinois, il me demanda son nom. Mon sang bouillonna dans mes veines, car c'était Montreuil lui-même!

— Celui qui a causé la mort de votre duc! dit

le Danois. Ah! on voit bien que vous autres Normands n'êtes plus les enfants d'Odin puisqu'il vit
encore.

— Tu lui répondis, j'espère, mon enfant, que
nous ne suivons pas les lois d'Odin? interrompit
dame Astrida.

— Je n'eus pas le temps de placer une parole,
grand'mère, car les Danois prirent sur eux de nous
venger. Ils s'élancèrent tous sur Montreuil, la
hache levée, et le malheureux tomba sous leurs
coups. Alors la mêlée devint générale : chacun
frappait à droite ou à gauche. Quelques-uns
criaient « Thor Hulfe, » d'autres « Dieu aide, »
d'autres « Mont-joie et Saint-Denis. » Les gens du
Nord contre les Français, voilà quel fut notre
ordre de bataille. Pour moi, je me trouvai tout près
de cet étendard, et j'eus bien à lutter pour m'en
emparer, mais enfin il m'est resté.

— Et les rois?

— Ils sortirent précipitamment de la tente pour
rejoindre leurs troupes. Louis monta à cheval;
mais vous savez, Monseigneur, qu'il est très-mau-
vais cavalier, et l'animal l'emporta au milieu des
Danois, où le roi Harold le déclara prisonnier et le
confia à quatre de ses gens. Je ne sais si Louis les
gagna secrètement, ou si, comme ils l'ont déclaré,

ils le perdirent de vue en pillant sa tente, mais le fait est que lorsque Harold revint vers eux, le roi était parti.

— Parti! Est-ce donc là ce que tu appelles faire un roi prisonnier?

— Vous verrez! Il galopa pendant quatre lieues et rencontra un misérable rouennais, auquel il offrit de l'or pour qu'il le cachât dans l'île des Saules. Mais Bernard fit toutes les recherches possibles, découvrit que cet homme avait été vu s'entretenant avec un cavalier français, pressa sa femme et ses enfants et les menaça de la mort s'ils ne lui révélaient pas le secret. C'est ainsi que le roi fut découvert dans sa retraite, et maintenant il est enfermé dans la tour de Rollo, sous la garde de nombreux Danois qui veillent à sa porte, la hache sur l'épaule.

— Ah! ah! dit Richard. Je voudrais bien savoir s'il aime sa prison, ou s'il se rappelle le jour où il me caressait près de la fenêtre, en jurant qu'il ne voulait que mon bien.

— Vous aviez confiance en lui, cependant, dit Osmond.

— J'étais alors un petit garçon, répondit Richard avec fierté. Mais maintenant les murs mêmes doivent lui rappeler son serment, et le vœu du comte

10.

Bernard : « Que le ciel agisse avec toi comme tu agiras avec cet enfant ! »

— Mon enfant, que cela vous serve d'exemple et vous apprenne à toujours tenir votre parole ! dit le père Lucas ; mais ne triomphez pas sur un ennemi tombé. Il vaudrait mieux nous rendre tous à la chapelle pour rendre grâces ensemble à Celui auquel nous devons cette victoire.

CHAPITRE X.

Après une année environ de captivité, le roi s'engagea à payer une rançon, et, en attendant que les conditions fussent réglées de part et d'autre, ses deux fils devaient être placés comme otages chez les Normands, pendant que lui-même retournerait en France. Les princes devaient venir à Bayeux où se trouvait alors le petit duc, qui était toujours sous la garde des Centeville, mais pouvait cependant sortir à volonté, pourvu qu'il fût accompagné d'un homme d'armes.

— Je suis bien content que Carloman vienne, et je chercherai à le rendre heureux, dit Richard, mais j'aimerais mieux que Lothaire restât en France.

— Peut-être, dit le bon père Lucas, Dieu vous l'envoie-t-il afin que vous ayez une occasion d'accomplir les dernières recommandations de votre père, et de rendre le bien pour le mal.

Le petit duc baissa la tête et ne répondit rien.

Le jour où les princes devaient venir, Albéric et Richard montèrent sur la tour, et au bout de quelques heures ils virent arriver une cavalcade au milieu de laquelle était une litière couverte, portée par deux chevaux.

— Ce ne peuvent pas être les princes, dit Albéric, c'est probablement une dame malade.

— J'espère que ce n'est pas la reine, dit Richard tout déconcerté. Mais non! Lothaire est tellement lâche que je suis sûr qu'il a craint d'aller à cheval, et Gerberge n'a pas voulu laisser partir son petit chéri sans l'enfermer comme une demoiselle. Mais, descendons, Albéric, je ne veux plus dire du mal de Lothaire, si je le puis.

Richard sortit à la rencontre des princes, la tête découverte, et les salua avec tant de noblesse et de grâce, que dame Astrida pressa le bras de son fils en lui demandant si leur petit duc n'était pas le plus bel enfant de la chrétienté.

Lothaire sauta à bas de la litière, ne regarda pas même le petit duc, mais ordonnant d'une voix brusque à son serviteur Charles de le suivre, il monta dans la grande salle, le front haut, l'air sombre, sans daigner saluer personne ; là, il s'étendit dans le grand fauteuil et commanda qu'on lui apportât du vin

Pendant ce temps, Richard regardait dans la litière et vit dans un coin Carloman, qui tremblait de peur.

— Carloman, mon cher Carloman, ne craignez rien. Venez, c'est moi qui vous appelle. Ne voulez-vous pas m'embrasser?

Carloman leva les yeux, saisit la main que Richard lui tendait et lui sauta au cou.

— O Richard, renvoyez-nous en France, et ne nous laissez pas massacrer par ces sauvages Danois.

— Personne ne vous fera de mal. Il n'y a point ici de Danois; vous êtes mon hôte, mon ami, mon frère. Regardez, voici la bonne dame Astrida.

— Mais ma mère a dit que les Normands nous tueraient pour vous avoir retenu captif. Elle pleurait, elle criait, mais ces méchants hommes nous ont emmenés de force. Oh! retournons!

— Je ne puis pas vous laisser partir, dit Richard, car vous êtes les prisonniers du roi de Danemark, et non pas les miens; mais je vous aimerai, et vous jouirez de tout ce qui m'appartient, si vous voulez seulement ne pas pleurer, cher Carloman. Oh! dame Astrida, que faut-il faire? Consolez-le, s'écria Richard, car son pauvre petit ami restait suspendu à son cou, sanglotant de plus en plus fort.

Dame Astrida s'avança pour lui prendre la main; elle lui adressa la parole d'une voix douce, mais il recula et poussa un cri de terreur; cette grande femme, avec son bonnet élevé et sa figure ridée, lui faisait l'effet d'une apparition, et, comme elle parlait normand, il ne comprenait pas ses affectueuses paroles. Cependant il se laissa conduire par Richard dans la grande salle, où Lothaire était assis les jambes croisées, et le dédain dans le regard.

— Dites donc, sire duc, s'écria-t-il, est-ce qu'on ne peut rien avoir chez vous, pas même une goutte de bordeaux ?

Richard s'efforça de réprimer un premier mouvement de colère; il répondit qu'il croyait qu'il n'y avait pas de bordeaux, mais du cidre à discrétion.

— Comme si je voulais d'une boisson de paysan ! J'ai demandé à souper; pourquoi ne me sert-on pas ?

— Parce que vous n'êtes pas le maître ici, allait dire Richard; mais il se contint et répondit que le souper serait bientôt servi. Carloman regarda son frère d'un air suppliant en lui disant :

— Ne le fâchez pas, Lothaire !

— Eh quoi, tu pleures toujours ? dit Lothaire. Ne sais-tu pas que s'ils osaient nous faire le moindre mal, mon père les traiterait comme ils le méritent. Qu'on apporte le souper, et qu'on me serve un pâté d'ortolans !

— Ce n'est pas la saison des ortolans, dit simplement Richard.

— Comptez-vous ne rien me donner de ce que j'aime ? Je vous déclare que vous vous en repentirez.

— Il y a des poulets rôtis, commença Richard.

— Je ne veux pas de vos poulets, je veux des ortolans.

— Si je ne mets pas à l'ordre ce petit insolent, je ne m'appelle pas Eric, grommela le baron.

— Qu'il a dû faire souffrir notre pauvre enfant, dit dame Astrida, mais son petit frère me fait grand'-pitié. Qu'il est chétif et pâle ! Cela me touche de voir comme notre petit duc est bon pour lui.

— Richard est trop brave pour ne pas être généreux, dit Osmond.

En effet l'impétueux enfant était doux comme une jeune fille avec le pauvre et timide Carloman. Il s'efforça de le faire manger, et au lieu de rire de sa frayeur, il se tint entre lui et le grand chien de chasse Hardigras qu'il repoussait toutes les fois qu'il venait trop près d'eux.

— Emmenez ce chien, dit Lothaire d'une voix impérieuse.

Personne ne lui obéit, et le chien, en cherchant des os tombés de la table, s'approcha de nouveau de lui.

— Emmenez-le donc, répéta-t-il en lui lançant un coup de pied.

Le chien grogna sourdement, et Richard se leva tout indigné.

— Prince Lothaire, dit-il, faites ce qui vous plaira ; mais vous ne maltraiterez pas mes chiens et mes gens.

— Je vous déclare que je suis prince, je fais ce que je veux. Ah ! — qui se permet de rire là-bas ? cria Lothaire, en frappant du pied.

— Il n'est pas si facile ici aux princes français de fouetter un Normand, dit la voix rude du grand veneur Gauthier ; il faudra que vous rendiez raison du coup que Monseigneur a reçu à ma place.

— Paix, paix, Gauthier, dit Richard.

Mais Lothaire avait pris un tabouret et allait le lancer contre le veneur, lorsqu'une main l'arrêta. Osmond, qui le connaissait assez pour prévoir cet accès de colère, le saisit par les deux bras, en dépit de ses cris de rage, qui ressemblaient à ceux d'un forcené.

— Il faut que vous sachiez, jeune sire, s'écria Éric d'une voix de tonnerre, dans son patois normand, que, tout prince que vous êtes, vous êtes notre prisonnier, et que si vous ne changez de conduite on vous mettra dans le donjon, où vous n'aurez que du pain et de l'eau.

Lothaire ne l'entendit pas, ou crut que ce n'était qu'une vaine menace, car il se débattit avec toujours plus de violence ; mais le bras d'Osmond le tenait comme un étau de fer, et malgré toutes les instances de Richard, on l'emmena pour l'enfermer dans une chambre écartée.

— Laissez-le seul pour le moment, dit sire Éric au duc qui voulait s'emprisonner avec Lothaire ; quand il sera maté, nous aurons la paix.

Richard retourna consoler Carloman. Le pauvre petit s'était réfugié dans un coin sombre et y sanglotait en tremblant comme une feuille.

— Oh ! ne me mettez pas dans un donjon, s'écria-t-il ; je ne puis supporter les ténèbres.

Richard essaya de nouveau de le rassurer, mais il ne semblait pas le comprendre.

— Oh ! on nous a dit que vous nous battriez pour nous punir de tout ce qu'on vous a fait à Laon ! Pourtant, ce n'est pas moi qui vous ai brûlé la joue.

— Je ne voudrais pour rien au monde vous faire du mal, cher Carloman : Lothaire n'est pas dans le

11

donjon, mais dans une chambre où on l'a mis jusqu'à ce qu'il soit plus sage.

— C'est Lothaire qui vous a brûlé, continua Carloman, et, je vous en prie, ne soyez pas fâché contre moi ! Si vous saviez comme ma mère m'a traité pour ne pas avoir arrêté Osmond quand il descendait avec sa botte de paille ! Elle m'a donné un grand coup qui m'a renversé par terre. Étiez-vous réellement dans cette paille, Richard ?

Richard raconta l'histoire, et vit avec joie que Carloman souriait en l'écoutant ; puis dame Astrida lui conseilla de mener coucher son petit ami. Carloman ne voulut pas se mettre au lit sans avoir Richard auprès de lui, et celui-ci fit tout ce qu'il put pour l'égayer, car il savait par sa propre expérience combien il est dur d'être éloigné de son pays.

— Je pensais bien que vous seriez bon pour moi, Richard, dit Carloman. Quant à Lothaire, vous faites bien de lui rendre tout le mal qu'il vous a fait.

— Oh ! non, Carloman ; si j'avais un frère, je ne parlerais pas comme cela de lui.

— Mais Lothaire est si méchant.

— Oui, mais il faut être bon pour ceux qui sont méchants envers nous.

L'enfant s'appuya sur son coude, et, regardant Richard avec étonnement :

— Personne ne m'a dit cela, dit-il.

— Oh ! Carloman, et le père Hilaire ?

— Je n'écoutais jamais le père Hilaire, parce que ses discours étaient très-longs et très-ennuyeux ; mais nul n'est bon pour ceux qui le haïssent.

— Oui, mon père l'était, dit Richard.

— Et ils l'ont tué ! dit Carloman.

— Oui, dit Richard en faisant le signe de la croix, mais il est au ciel maintenant.

— Je voudrais savoir si on est plus heureux là-haut qu'ici, dit Carloman. Moi, je ne suis pas heureux. Mais dites-moi pourquoi il faut être bon pour ceux qui nous haïssent ?

— Parce que les saints l'étaient ; et puis regardez le crucifix, Carloman. Jésus-Christ est mort pour ses ennemis. Et ne savez-vous pas « Notre Père. »

Le pauvre Carloman ne put que répéter Notre Père en latin ; il n'avait pas la moindre idée du sens de cette prière, que Richard comprenait très-bien, grâce au père Lucas. Le petit duc commença donc à l'expliquer à Carloman ; mais au bout de quelques instants, celui-ci dormait.

Le duc sortit doucement pour se rendre auprès de Lothaire. Il entra dans la chambre déjà sombre, un flambeau à la main ; mais le vent faisait vaciller la flamme, et ce ne fut qu'au bout d'un moment qu'il put distinguer Lothaire étendu sur le plancher.

— Prince Lothaire, dit-il, c'est moi qui...

Lothaire l'interrompit :

— Allez-vous-en, s'écria-t-il. Si c'est votre tour maintenant, ce sera bientôt le mien. Je voudrais que ma mère eût tenu sa parole et vous eût fait arracher les yeux.

Richard ne put plus se contenir.

— Vous devriez avoir honte de parler ainsi, dit-il, quand je viens vous voir par bonté ; aussi je vous laisserai tout seul cette nuit, et je ne demanderai pas au baron de vous faire sortir d'ici.

Il ferma la lourde porte avec un bruit retentissant, mais sa conscience le tourmenta quand il dit ses prières. Il se souvint de ce qu'il avait dit à Carloman, et il sentit qu'il ne pourrait pas dormir dans un lit chaud pendant que Lothaire était dans cette chambre sombre et froide. Il est vrai, pensait-il, que sire Éric a dit que cela lui ferait du bien, mais sire Éric ne sait pas combien les princes français sont délicats ! Il se leva donc, sortit de sa chambre, et marcha en tâtonnant jusqu'à la porte de celle où était Lothaire. Il retira les verrous.

— Prince, prince, dit-il, je suis fâché de m'être mis en colère. Venez, et tâchons d'être amis !

— Que voulez-vous dire ? demanda Lothaire.

— Sortez de cette chambre glacée. Je suis ici ; je vous montrerai le chemin. Où est votre main ? Comme elle est froide ! Laissez-moi vous conduire tout près du feu, dans la grande salle.

Lothaire était dompté par la peur et le froid ; aussi suivit-il Richard sans mot dire. Autour du grand foyer, qui était à l'une des extrémités de la salle, ronflaient une douzaine d'hommes d'armes ; devant l'autre cheminée, il n'y avait que Hardigras, qui leva la tête en entendant les enfants s'approcher. Une caresse de Richard le fit rester tranquille, et les deux princes s'assirent près du feu. Lothaire était fort étonné ; mais il gardait son expression maussade. Richard se mit à attiser le feu.

— Prince, dit-il, voulez-vous que nous soyons amis ?

— Il le faut bien, puisque je suis en votre pouvoir.

— J'aimerais que vous fussiez mon hôte et mon camarade.

— Je le serai ; je ne puis pas faire autrement.

Richard ne se sentit pas encouragé à en dire davantage, et, dès que Lothaire se fut réchauffé, il le conduisit dans sa chambre à coucher.

CHAPITRE XI.

Comme le baron l'avait prédit, Lothaire se comporta mieux depuis le jour où Eric lui avait fait sentir qu'il devait se soumettre, puisque ses ordres et ses menaces ne servaient à rien. Il était toujours maussade et désagréable, et mettait la patience de Richard à une rude épreuve; mais il ne se laissait plus aller à des accès de fureur, et l'on pouvait même remarquer qu'il changeait plutôt à son avantage de semaine en semaine. Il ne pouvait pas toujours témoigner de la froideur à un camarade aussi bon et aussi joyeux que l'était Richard, et la discipline à laquelle le baron le soumettait corrigeait un peu l'effet de la détestable éducation qu'il avait reçue en France.

— Il serait vraiment à désirer pour lui qu'il restât notre otage toute sa vie, dit un jour Osmond.

A quoi sire Eric répondit :

— Pour lui, sans doute; mais pour nous c'est autre chose! Quelle corvée que d'élever cet orgueilleux damoiseau !

Le petit Carloman cependant commençait à se familiariser avec tous les habitants du château. Il n'y avait que Hardigras qui lui fit toujours peur. Il retrouva en Osmond son ami d'autrefois, ne tremblait plus en voyant entrer sire Eric, se laissait gagner par l'entrain d'Albéric, et aimait à s'asseoir sur les genoux de dame Astrida et à l'entendre chanter, bien qu'il ne comprît rien à ses ballades. Mais c'était surtout Richard qu'il chérissait. Il le suivait partout en lui donnant la main; Richard le portait souvent au haut des escaliers pour ne pas trop le fatiguer; il évitait les jeux trop violents pour lui, et le conduisait aux leçons que le père Lucas donnait aux enfants du château tous les vendredis et les dimanches soir dans la chapelle. Le bon prêtre se tenait sur les marches de l'autel, faisant placer les enfants en cercle autour de lui. Il y avait le fils et la fille de Thibault l'armurier, le petit-fils de Gauthier, Albéric, le duc et les princes de France. Tous étaient égaux dans ces moments-là, tandis qu'ils écoutaient le chapelain qui leur expliquait les histoires et les préceptes de l'Evangile; Carloman comprit bientôt pourquoi

Richard disait qu'il fallait pardonner à ses ennemis; et bien qu'au commencement il en sût moins
que le petit-fils du grand veneur, il parut au bout
de quelque temps retenir mieux que les autres les
enseignements du père Lucas. Toute sa conduite
montrait aussi qu'ils se gravaient dans son cœur.
Sa faible santé semblait le disposer mieux que Richard ou qu'Albéric à aimer les choses sérieuses, et
le père Lucas dit un jour à dame Astrida que
c'était un saint enfant.

Carloman était naturellement porté à la médita-
tion, car il ne pouvait pas prendre part aux jeux
des autres enfants. Il ne pouvait pas courir comme
eux dans la cour du château; s'il montait aux créneaux, le vent, trop froid pour lui, le faisait gre-
lotter, et les jeux bruyants de ses compagnons
l'étourdissaient. Auparavant, il pleurait quand
Lothaire soutenait qu'il devrait se faire couper un
jour les cheveux et devenir moine; mais maintenant
il disait qu'il le serait bien volontiers s'il pouvait
être assez pieux pour cela.

Dame Astrida soupirait en hochant la tête, car
elle craignait bien que le pauvre enfant ne parvînt
jamais à l'âge d'homme. Chaque jour on avait
plus de peine à comprendre que Richard et lui fussent du même âge. Richard était remarquablement

grand et robuste pour un enfant de dix ans ; il
était large d'épaules et se tenait très-droit, tandis
que Carloman s'affaissait sur lui-même, et que ses
traits étirés et amaigris et son teint blême le faisaient ressembler à une plante qui a crû à l'ombre.
Le vieux baron affirmait que de l'exercice et une
vie un peu dure étaient ce qu'il y avait de mieux
pour fortifier les jeunes princes ; mais tandis que la
santé de Lothaire s'améliorait de jour en jour, son
petit frère n'avait pas assez de force pour supporter ce genre de régime. Il dépérissait visiblement,
et, lorsque l'automne fut venu avec ses froides
pluies, il ne quitta presque plus le coin du foyer et
les genoux de la bonne dame Astrida. On lui fit
un petit lit près du feu, et on plaça entre lui et la
porte une espèce de paravent pour l'abriter contre
le froid ; c'était là qu'il restait étendu pendant de
longues heures, ne parlant que rarement et souriant à ceux qui s'approchaient de lui. Il aimait
beaucoup que le père Lucas vînt prier avec lui, et
son regard brillait toujours de plaisir quand son
cher Richard lui racontait avec entrain ses prome-
nades et ses aventures de chasse. L'état du jeune
prince inquiétait beaucoup le petit duc, qui ne
s'éloignait jamais volontiers de lui pour longtemps,
et qui, en revenant de ses courses, baissait la voix

11.

et marchait plus doucement en entrant dans la salle, de peur de réveiller Carloman.

— Richard, est-ce vous? dit la voix faible du petit garçon, un soir que le jeune duc s'approchait de lui.

— Oui; comment êtes-vous, Carloman? Vous sentez-vous mieux?

— Non, pas mieux; merci, mon bon Richard.

Et il lui tendit sa petite main amaigrie.

— Est-ce que la douleur est revenue?

— Non; j'ai été bien tranquille, et j'ai beaucoup pensé. Richard, je ne serai jamais mieux.

— Oh! ne parlez pas ainsi; vous vous rétablirez quand le printemps viendra.

— Je sens quelque chose comme si j'allais mourir, dit le petit garçon; je crois que je mourrai, mais ne vous affligez pas, Richard. Je n'ai pas bien peur. Vous me disiez un jour qu'on est bien plus heureux là-haut qu'ici, et je le sais maintenant.

— C'est là qu'est mon bienheureux père, dit Richard d'un air pensif. Mais, Carloman, vous êtes si jeune pour mourir.

— Je ne désire plus vivre. Ici-bas on ne fait que se battre, et le monde est rempli de gens cruels; là-haut la paix règne toujours. Vous êtes fort et brave, et vous les rendrez meilleurs; moi je suis faible et

timide, je ne pourrais que soupirer et me tour-
menter en vain.

— O Carloman, Carloman! je ne puis me passer de vous; je vous aime comme mon frère. Il ne
vous faut pas mourir, il vous faut revoir votre père
et votre mère.

— Dites-leur adieu pour moi, dit Carloman, je
m'en vais à mon Père céleste. Je suis content d'être
venu ici, Richard, je n'ai jamais été si heureux auparavant. J'aurais eu peur de mourir, si le père
Lucas ne m'avait pas appris que mes péchés étaient
pardonnés. Maintenant, je crois que les saints et
les anges m'attendent.

Il parlait lentement, et s'assoupit après ces dernières paroles. Il continua de dormir, et quand on
servit le souper et qu'on alluma les lampes, dame
Astrida trouva sa petite figure plus pâle que d'habitude. On le porta dans son lit, et il s'éveilla à
peine en gémissant faiblement. Dame Astrida
ne voulut pas le quitter, et le père Lucas veilla
avec elle.

A minuit, tout le monde au château fut réveillé
par le glas funèbre qui les appelait tous à prier
pour l'âme qui allait quitter la terre. Richard et
Lothaire furent bientôt à côté du lit. Carloman
dormait toujours, les mains jointes sur sa poitrine;

mais sa respiration était lente et difficile. Le père
Lucas priait auprès de lui. La lueur vacillante des
flambeaux éclairait faiblement cette scène de mort.
Tous étaient silencieux et immobiles. On entendit
un long soupir, puis.... plus rien. Le pauvre enfant était parti pour une patrie plus heureuse, pour
posséder une royauté meilleure que celle que lui
promettait ce monde.

Richard et Lothaire éclatèrent en sanglots. Lothaire appelait à grands cris sa mère, disant qu'il
allait aussi mourir et qu'il voulait retourner près
d'elle. Richard était à genoux à côté du lit, la poitrine soulevée par des sanglots convulsifs, tandis
que de grosses larmes coulaient sur ses joues.

Dame Astrida les reconduisit chacun dans leur
chambre. Lothaire s'endormit bientôt à force de
pleurer. Richard resta longtemps absorbé par de
sérieuses pensées; il revoyait la scène qui s'était
passée à la cathédrale deux ans auparavant, et jamais il n'en avait mieux compris le sens.

— Où irai-je, quand je mourrai, si je ne rends
pas le bien pour le mal? se demandait-il. Et il prit
cette nuit-là une résolution solennelle.

Le jour revint et lui fit plus tristement sentir que
son petit compagnon n'était plus là; Richard pleura
de nouveau en voyant vide le petit lit sur lequel le

pauvre malade avait si longtemps reposé près du foyer. Il comprit alors que c'était surtout la faiblesse et la dépendance de Carloman qui l'avaient attiré vers lui. La douleur de Lothaire était bien diffé-rente, car il s'y mêlait une peur égoïste ; il s'écriait à chaque instant qu'il allait mourir aussi, si on ne le laissait pas retourner dans son pays.

Le petit corps fut embaumé et mis dans un cer-cueil de plomb, afin d'être envoyé en France pour y être enseveli avec ses ancêtres dans la ville de Reims, et Lothaire se sentit plus abandonné que jamais. Il semblait presque désespéré, et suppliait tous ceux qui l'entouraient de le laisser partir, comme si cela eût dépendu d'eux.

CHAPITRE XII.

— Sire Eric, dit Richard, vous m'avez dit qu'il devait y avoir à Falaise un parlement tenu par le comte Bernard et le roi de Danemark. Je pense y assister. Voulez-vous m'y accompagner, ou préférez-vous laisser venir Osmond et rester vous-même ici pour garder Lothaire?

— Mais, Monseigneur, jusqu'ici vous ne paraissiez guère aimer les parlements.

— J'ai une demande à faire, répondit Richard.

Le baron ne fit pas d'objection, et dit seulement à sa mère que le duc était un enfant remarquable, et qu'il serait bientôt en état de gouverner par lui-même.

Les lamentations de Lothaire redoublèrent lorsqu'il vit que Richard allait partir; il lui semblait que sa présence était une protection, et que si le duc n'était pas là, on le punirait pour sa conduite passée.

Le duc l'assura à plusieurs reprises qu'on n'avait que d'excellentes intentions à son égard, et il ajouta :

— Quand je reviendrai, vous le verrez bien, Lothaire.

Puis, après l'avoir recommandé aux bons soins de dame Astrida, d'Osmond et d'Albéric, Richard partit sur son petit cheval, accompagné de sire Éric et de trois hommes d'armes.

Il se retourna pour jeter sur Bayeux un regard de tristesse en pensant que son cher petit ami n'y était plus; mais c'était une belle matinée d'hiver. les champs étaient couverts d'un éclatant tapis de neige, la blanche gelée scintillait sur les buissons, et la terre durcie résonnait sous les pieds des chevaux. A mesure que le soleil écartait les brouillards qui voilaient d'abord son éclat, Richard sentait son entrain revenir; il riait et criait quand un lièvre ou un lapin venait à traverser la route, ou quand un pluvier s'envolait devant eux en déployant ses larges ailes.

Ils passèrent la nuit dans un couvent, où ils apprirent que Hugues de Paris se rendait au parlement. Le jour suivant, vers l'après-midi, le baron montra au loin une chaîne de rochers élevés surmontés d'une énorme tour, et il dit à Richard que c'était là Falaise, le plus fort château de la Normandie. .

Le pays devenait toujours plus montueux à mesure qu'ils avançaient; on ne voyait que des collines abruptes et des vallées très-boisées, semées d'énormes rochers.

— Le bon endroit pour chasser ! s'écria sire Eric ; et Richard, en voyant passer un troupeau de daims, s'écria qu'il fallait venir passer là l'automne suivant.

Il parait qu'il y avait des chasseurs dans les bois d'alentour, car on entendait des aboiements, et des cris mêlés aux sons du cor. L'œil de Richard brillait d'ardeur; il mit au galop son petit cheval, sans voir qu'il laissait bien en arrière les gens de sa suite, dont les montures moins agiles avaient peine à se frayer un chemin dans ces épais fourrés.

Tout à coup, il entendit un grognement sourd tout près de lui; son cheval fit un bond de côté et refusa d'avancer. Richard sauta à terre, s'élança à travers les buissons, et là, au pied d'un grand rocher couvert de lierre, il aperçut un énorme loup gris aux prises avec un chien de chasse. Il semblait que dans leur lutte ils se fussent précipités du haut du rocher. Tous deux étaient couverts de sang et leurs yeux étincelaient comme des charbons enflammés dans l'obscurité du bois. Le chien était terrassé, et ne faisait plus qu'une faible résistance ; le loup pouvait d'un moment à l'autre sauter sur Richard.

Mais pas une pensée de crainte ne traversa l'âme du petit duc, sa seule idée fut de sauver le chien ; en un clin d'œil il tira son poignard, courut aux deux animaux et plongea la lame tout entière dans la gorge du loup, que par bonheur les dents du chien serraient encore. La lutte cessa ; le loup roula lourdement de côté, il était mort ; le chien restait étendu, haletant et saignant. Richard caressa sa tête noire.

— Pauvre chien, dit-il, que pourrais-je faire pour toi ?

En ce moment, il entendit une voix forte qui fit dresser la tête au noble animal, et il vit venir un homme de haute taille, d'une tournure majestueuse et vêtu d'un costume de chasseur.

— Holà ! holà ! Vige ! Vige ! Eh bien. mon pauvre chien, dit-il en normand, mais avec un accent différent de celui de Richard, tu as été blessé ?

— Bien cruellement maltraité, dit Richard, tandis que le fidèle animal remuait la queue et s'efforçait d'aller à la rencontre de son maître.

— Eh ! mon garçon, qui êtes-vous ? s'écria le chasseur, étonné de voir un enfant seul dans un pareil endroit. Vous m'avez l'air d'un Normand francisé, avec vos cheveux bien peignés et votre baudrier doré; cependant vous parlez norse. Par le marteau de Thor ! voici un poignard dans la gorge du loup.

— C'est le mien, dit Richard, j'ai trouvé votre chien presque vaincu et je suis venu à son aide.

— Vraiment? c'est bien, cela! Je n'aurais pas voulu perdre Vige pour toutes les richesses d'Italie. Je vous suis obligé, mon brave jeune homme, continua l'étranger en examinant son chien tout en parlant, Quel est votre nom ? Vous n'êtes pas du Midi?

Comme il parlait, des voix retentirent tout près d'eux et le baron de Centeville accourut au milieu du fourré, tenant par la bride le cheval de Richard.

— Monseigneur, Monseigneur! Oh ! Dieu merci; vous êtes sauvé.

En ce moment une troupe de chasseurs s'approcha ; à leur tête marchait Bernard le Danois.

— Quoi ! s'écria-t-il, que vois-je? Mon jeune maître ! Qu'est-ce ce qui vous amène ici? et s'inclinant respectueusement, Bernard saisit la main que lui tendait Richard.

— Je suis venu ici pour assister au parlement, répondit Richard. J'ai une grâce à demander au roi de Danemark.

— Tout ce que le roi de Danemark pourra faire

pour vous, il le fera, dit le maitre du chien, en frappant sur l'épaule de Richard avec une familiarité cordiale, mais un peu rude, qui surprit le petit duc ; mais, tout à coup, une pensée traversa son esprit, et, se découvrant :

— Vous êtes le roi Harold? s'écria-t-il. Oh! pardon, Sire.

— Pardon? duc Richard. Pourquoi me demandez-vous pardon? Pour avoir sauvé mon pauvre Vige? Pas de politesse française avec moi. Faites-moi votre demande, elle vous sera accordée. Faut-il vous emmener sur mer pour aller piller les gros moines d'Irlande?

Richard recula d'un air étonné.

— Ah! pardon! On vous a fait chrétien. Je l'oubliais. Tant pis. Vous avez le courage d'un homme du Nord. Venez, marchons ensemble, et vous me direz ce que vous voulez. Holà, Suénon! emporte Vige au château et soigne-le. Je suis à vous, mon jeune duc.

— La grâce que je vous demande, c'est de rendre la liberté au prince Lothaire.

— Quoi! au jeune Franc! Comment, ils vous ont retenu prisonnier, ils vous ont brûlé le visage, et vous auraient fait mourir, si votre écuyer ne vous eût sauvé!...

— Il y a longtemps de cela, et Lothaire est si malheureux ! Son frère est mort, et il dit qu'il mourra lui-même si on ne le renvoie pas en France.

— Le mal ne serait pas grand, si cette race de traîtres s'éteignait avec lui. Pourquoi vous intéressez-vous à lui ? C'est votre ennemi.

— Je suis chrétien, répondit simplement Richard.

— Je vous ai promis de vous accorder votre demande. Je vous cède tous mes droits sur sa rançon et sur sa personne. Il ne vous reste qu'à gagner vos Normands à votre acte de merci.

Richard craignait que cela ne fût chose difficile, mais l'abbé de Jumiéges le soutint au parlement. En outre, la pensée que leur otage pouvait mourir entre leurs mains et qu'il ne leur resterait ainsi aucune garantie pour les actes du roi, eut beaucoup de poids pour eux ; après une longue délibération, ils décidèrent de rendre Lothaire à son père, sans rançon, mais à la condition que Louis abandonnerait au duc la possession paisible du pays qui s'étendait jusqu'à Saint-Clair sur l'Epte ; en sorte qu'Albéric fut reconnu définitivement comme le vassal de Richard.

Ce fut peut-être le plus beau jour de la vie de Richard que celui où il retourna à Bayeux pour apporter à Lothaire la nouvelle de sa délivrance. Il l'emmena à Saint-Clair pour le rendre à son père.

Louis les y attendait; il était tout affligé de la mort de son petit Carloman, et se repentait alors sincèrement de sa conduite envers l'enfant orphelin. Il serra Richard dans ses bras et lui dit :

— Mon noble duc, nous n'avions pas mérité tant de générosité. Je ne vous avais pas traité comme vous avez traité mes enfants. Je serai désormais pour vous un bon et fidèle ami.

Pour Lothaire, il lui dit en le quittant :

— Adieu, Richard, si je vivais avec vous, je deviendrais peut-être bon comme vous. Je n'oublierai jamais ce que vous m'avez fait.

Quand Richard rentra dans Rouen au milieu des acclamations de ses sujets, tous les honneurs dont on l'entoura le rendirent moins heureux que le moment qu'il passa à genoux près du tombeau de son père, pouvant se dire qu'il avait obéi à sa dernière recommandation.

CONCLUSION

Les années avaient passé. Louis avait violé ses serments et Lothaire ses promesses, Arnulf de Flandre, le meurtrier du duc Guillaume, les avait maintes fois poussés à attaquer la Normandie, de sorte que la vie de Richard, depuis quatorze à vingt-cinq ans, avait été consacrée tout entière à défendre sa patrie. Mais ses guerres l'avaient couvert de gloire, et ses vaillants exploits lui avaient justement mérité le nom de « Richard Sans-peur, » car il ne craignait qu'une chose, c'était de faire le mal.

Peu à peu la paix succéda à la guerre, et Arnulf de Flandre, voyant qu'il ne pouvait le vaincre par la force ouverte, tenta trois fois de le faire assassiner traîtreusement ; mais il ne réussit pas à consommer ce crime, et Richard, après avoir triomphé de ses ennemis, jouissait en paix de l'amour de ses sujets.

Louis avait été tué par une chute de cheval, Lothaire était mort après un règne sans gloire, et son fils, Louis le Fainéant, n'avait joui que pendant une année de l'ombre de l'autorité royale; Hugues Capet, le fils de Hugues le Blanc, était assis maintenant sur le trône de France, et il demeurait le fidèle allié de Richard, qui avait épousé sa sœur Eumacette.

Dame Astrida et sire Éric reposaient depuis longtemps dans leurs tombeaux paisibles; Osmond et Albéric étaient les plus fidèles conseillers du duc; l'abbé Martin, parvenu à un âge très-avancé, dirigeait encore l'abbaye de Jumiéges, où Richard aimait à venir, comme autrefois son père, s'entretenir avec lui et se reposer l'âme après les travaux de la guerre et du gouvernement.

Richard lui-même était un homme aux cheveux gris; et, comme son fils aîné n'était déjà plus un enfant, il songeait à accomplir le projet que le duc Guillaume eût sans doute réalisé s'il eût vécu, de se retirer dans le couvent pour y terminer sa vie dans la retraite.

Par un beau soir d'été, le duc Richard était assis sous le porche du couvent, à côté du vieil abbé à la barbe blanche. Ils regardaient le soleil couchant dont les rayons pénétraient sous la voûte de pierre;

ils s'entretenaient des temps passés, de l'ensevelisse-
ment du père de Richard et de la découverte de
la clef d'argent; l'abbé aimait à revenir sans cesse
sur les bonnes actions et les paroles de Guillaume
à la longue épée.

En ce moment, un vieillard au dos voûté et au
visage couvert de rides, s'approcha de l'abbaye en
marchant à pas tremblants et précipités, comme un
fugitif venant chercher un abri dans le sanctuaire.

— Comment peut-on poursuivre un homme
aussi âgé et aussi faible? demanda le duc tout surpris.

En le voyant, le vieillard trembla plus violem-
ment. Il joignit les mains avec une expression de
terreur, se détourna comme pour s'enfuir, puis,
sentant que cela lui était impossible, il se précipita
aux pieds de Richard :

— Grâce ! grâce ! noble duc! balbutia-t-il.

— Lève-toi, ne t'agenouille pas devant moi, je
ne puis supporter cela de la part d'un homme qui
pourrait être mon père, dit Richard s'efforçant de
le relever; mais en entendant ces paroles, le vieillard gémit et se courba encore davantage.

— Qui es-tu ? dit le duc. Tu es en sûreté dans ce
saint lieu, quel que soit ton forfait. Parle, qui es-tu ?

— Ne me connais-tu pas ? dit le suppliant. Promets-moi ton pardon avant que je te dise mon nom ?

— J'ai vu autrefois cette figure sous un casque,
dit le duc. Tu es Arnulf de Flandre.

Le vieillard ne répondit que par un long gémissement.

— Et pourquoi es-tu ici ?

— J'ai refusé de reconnaître Hugues comme roi
de France. Il a pris mes villes et ravagé mes terres.
Français et Normands ont fait vœu de me tuer,
pour vous venger de tous les torts que je vous ai
faits, seigneur duc. J'ai erré çà et là pour sauver
ma vie, jusqu'à ce que dans mon désespoir l'idée
me soit venue de me réfugier vers vous comme vers
le plus miséricordieux des princes. J'ai résolu de
venir ici, espérant que lorsque le saint abbé aurait
vu mon amère repentance, il intercéderait pour
moi auprès de vous, très-noble prince. O duc, ayez
pitié de moi ?

— Lève-toi, Arnulf ! dit Richard. Quand la
main du Seigneur a frappé, ce n'est pas à l'homme
à se venger lui-même. Il y a longtemps que j'ai pardonné au meurtrier de mon père, et le ciel a réduit
à néant tes machinations contre moi. Tu n'as rien
à craindre des Normands, et de plus je m'effor-
cerai d'obtenir du roi mon frère qu'il te pardonne.
Viens au réfectoire, tu as besoin de reprendre des

forces, le vénérable abbé ne te refusera pas l'hospitalité.

Des larmes de reconnaissance et de repentir em-
pêchèrent Arnulf de répondre; le duc le releva, et
le vieillard chancelant fut obligé de s'appuyer sur
son bras.

L'abbé se leva lentement, puis, étendant la main
sur eux, il dit d'une voix solennelle :.

— Que la bénédiction du Dieu miséricordieux
soit sur le pécheur qui se détourne de ses voies
mauvaises, et que la grâce et tous les bienfaits du
Seigneur reposent sur celui qui a pardonné et qui
a rendu le bien pour le mal à son plus cruel ennemi!

NOTES.

I.

C'est à Bayeux que Richard fut élevé, car, comme le dit le duc Guillaume dans la Chronique rimée de Normandie :

> Si à Roem le faz garder
> E norir, gaires longement
> Il ne saura parlier neiant
> Daneis, kar nul n l'i parole,
> Si voil qu'il seit à tele escole
> Où l'on le sache endoctriner
> Que as Daneis sache parler,
> Ci ne sevent riens fors Romanz,
> Mais à Baieux en a tanz
> Qui ne sevent si Daneis non.

2.

Bernard est le fondateur de la famille Harcourt de Nuncham. Ferrières de celle de Ferrare.

3.

Dans la même Chronique, Guillaume à la longue épée ordonne que :

Tant seit appris qu'il lise un bref
Kar ceo ne li est pas trop gref.

4.

Hako de Norwége fut élevé par Ethelstane d'Angleterre. — Ce fut Foulques le Bon, alors comte d'Anjou, qui, étant raillé par Louis IV sur sa science de clerc, lui envoya la lettre suivante : « Le comte d'Anjou au roi de France. Apprenez, Monseigneur, qu'un roi sans lettres est un âne couronné. »

5.

Les armes de Normandie furent une croix jusqu'à Guillaume le Conquérant, qui la remplaça par un lion.

6.

« Sire, soiés mon escus, soiés mes défendements. » (*Histoire des ducs de Normandie*, MICHEL.)

7.

La cathédrale fut bâtie plus tard par Richard lui-même.

8.

Sus le maistre autel del iglise
Li unt sa feauté jurée.

9.

Une clef d'argent unt trovée
A sun braiol estreit noée
Toute la gent se merveillont
Que cete clef signifiont
Ni la cuoule e l'estamine
En aveit il en un archete.
Que disfermeront ceste clavete
De sol itant ert tresorier
Kar nul tresor n'avoit plus cher.

L'histoire de l'aventure du duc dans le bois de Jumièges est littéralement vraie, ainsi que le refus de
Martin d'admettre le duc dans le cloître.

Dun ne t'a Deus mis e posé
Prince gardain de sainte église
Et pur tenir leial justice.

10.

Ce fut une guerre dans laquelle Riouf, vicomte du
Cotentin, mit la Normandie dans le plus grand danger. Il fut défait sur les rives de la Seine, dans un
champ qu'on appelle encore le Pré de Bataille, le jour
même de la naissance de Richard, de sorte que l'on

chanta le *Te Deum* pour célébrer à la fois la victoire
remportée et la naissance de l'héritier de Normandie.

11.

Biaus segnors, vées chi vo segneur, je ne le vous
voel tolir, mais je estoie venus en ceste ville, prendre
consel à vous, comment je poroie vengier la mort de
son père, qui me rapiela d'Engletière. Il me fist roi, il
me fist avoir l'amour du roi d'Alemaigne, il leva mon
fil de fons, il me fist toz les biens, et jou en renderai
un fill le guerredon si je puis. (MICHEL.)

12.

Dans une bataille livrée à Lothaire, à Charmenil,
Richard sauva la vie de Gauthier le grand veneur, qui
le servait depuis son enfance.

13.

A l'âge de quatorze ans, Richard fut fiancé à Eumacette de Paris, alors âgée de huit ans. Hugues le
Blanc avait si grande confiance en son gendre qu'à sa
mort il plaça sous sa tutelle Hugues Capet, quoique le
duc eût alors à peine plus de vingt ans, le proposant
à son fils comme le modèle des chevaliers.

14.

Osmont, qui l'enfant enseignait l'en mena i jour en

rivière, et quant il revint, la reine Gerberge dist que se il jamais l'enmenait fors des murs, elle le ferait les ielx crever.

15.

« Gueules, deux ailes unies, or, » tel est le blason original de Saint-Maur ou Seymour, blason qui vient, dit-on, d'Osmond de Centeville, qui l'adopta en souvenir de sa fuite avec le duc Richard. Ses descendants directs en Normandie furent les marquis d'Osmond, dont les armes étaient « gueules, deux ailes, hermine. » En 1789, il y avait deux descendants de la famille de Centeville, l'un chanoine, le second chevalier de Saint-Louis, qui mourut sans laisser d'enfants.

16.

Harold de Norwége avait fait vœu de ne jamais peigner sa chevelure avant d'être devenu le seul roi du pays. La guerre dura dix ans, et il put ainsi mériter le nom de Harold aux cheveux hérissés, qui fut changé en celui de Harfagre ou de « belle chevelure, » quand il célébra sa dernière victoire, en prenant un bain à More, et en faisant couper et arranger ses cheveux par son ami Jarl Rognwald, le père de Rollo.

17.

Richard obtint pour Arnulf la restitution d'Arras

et d'autres villes flamandes. Richard mourut huit ans
après, en 996, laissant plusieurs enfants. Sa fille
Emma épousa d'abord Ethelred l'Indécis, roi d'Angleterre, puis Knute ou Canut, petit-fils de son fidèle
allié Harold à la Dent-Bleue. Son fils fut Richard
surnommé le Bon, son petit-fils Robert le Magnifique,
son arrière petit-fils Guillaume le Conquérant, qui
s'empara de l'Angleterre. Peu de noms dans l'histoire
jettent un éclat aussi pur que celui de Richard, appelé d'abord le petit duc, puis Richard aux longues
jambes, et toujours Richard Sans-peur. Ce court récit
n'a parlé que des événements de son enfance; mais sa
jeunesse fut également riche en aventures, dans lesquelles il se montra toujours brave, pieux et généreux. Nous renvoyons pour cette partie de son histoire
nos lecteurs aux travaux qui ont pour objet spécial
l'histoire de France au moyen âge; ils y verront que
tout ce qu'on raconte de lui ne fait que donner une
idée plus haute encore de son caractère.

FIN.

Paris. — Typ. de Ch. Meyrueis, rue Cujas, 13. — 1873.

SANDOZ ET FISCHBACHER, ÉDITEURS

33, RUE DE SEINE ET RUE DES SAINTS-PÈRES, 33, A PARIS

LA BONNE GUERRE, par Mme Eugène Bersier. 1 vol. in-18. 3 fr. 50

AMOUR OU PATRIE. Souvenirs d'Alsace, 1870-1871. 1 joli vol. in-18. 3e édition. 2 fr. 50

ELISE, par Mme J. de Lambert. 1 vol. in-18. 3 fr.

LÉGENDES DE L'ALSACE. Traduites de l'allemand par M. E. Rosseeuw Saint-Hilaire. 1 vol. in-12. 3e édition. 2 fr.

LE VIEIL ELI, par l'auteur des *Légendes de l'Alsace*. Traduit de l'allemand par M. E. Rosseeuw Saint-Hilaire. 1 vol. in-12. 1 fr. 50

JACQUES HERZMAN. Souvenirs d'un jeune bourgeois. — JULIA FERRANTI. Deux nouvelles, par Adolphe Prins. 1 petit vol. in-32. 3 fr.

LE HÉROS DE TANTE MARY, par Mme E. Prentiss, auteur de *Marchant vers le ciel, la famille Percy*, etc., etc. 1 vol. in-12. 3 fr. 25

ROSETTE, ou la Danse au village. Nouvelle, par Urbain Olivier. 1 vol. in-12. 3 fr. 25

LES NAUFRAGÉS DE LA CIVILISATION. Simple récit d'une épave, rédigé et mis en ordre par Samuel Primeveyre. 2 vol. in-18. 6 fr.

SCÈNES DE LA VIE DALÉCARLIENNE, par Frédérika Bremer. 2e édition. 1 vol. in-18. 3 fr. 50

Ouvrages de Mme E. de Pressensé.

POÉSIES. 3e édition. 1 joli vol. in-12. 2 fr. 50

L' MAISON BLANCHE. Histoire pour les écoliers. 5e édit. 1 vol. in-12. 2 fr. 50

SCÈNES D'ENFANCE ET DE JEUNESSE. 1 vol. in-12. 2 fr. 50

ROSA. Treizième tirage, 26,000 exemplaires. 1 vol. in-12. 1 fr. 50

LE JOURNAL DE THÉRÈSE. 3e édition. 1 vol. in-12. 2 fr. 50

DEUX ANS AU LYCÉE. 2e édition. 1 vol. in-12. 2 fr. 50

SABINE. — GERTRUDE DE CHANZANE. Deux nouvelles. 3 fr.

Ouvrages de F. W. Farrar.

Traduits de l'anglais par Mademoiselle Hélène Janin.

SAINT-WINIFRED, ou le Monde des écoliers. 3e édit. 1 vol. in-12. 3 fr. 50

ERIC, ou l'etit à petit. Histoire de collège. 1 vol. in-12. 3 fr. 50

JULIEN. Scènes de la vie des étudiants. 1 vol. in-12. 3 fr. 50

Paris. — Typ. de Ch. Meyrueis. rue Guias, 13. — 1873.